A LONGA VIAGEM
DE PRAZER

Juan José Morosoli

A LONGA VIAGEM DE PRAZER

Tradução de SERGIO FARACO
Prefácio de LÉA MASINA
Prólogo de HEBER RAVIOLO
Posfácio de PABLO ROCCA

www.lpm.com.br
L&PM POCKET

Coleção **L&PM** POCKET, vol. 833

Texto de acordo com a nova ortografia.
Título original: *El largo viaje de placer*

Primeira edição na Coleção **L&PM** POCKET: outubro de 2009

Tradução: Sergio Faraco
Capa: Marco Cena
Revisão: Jó Saldanha e Patrícia Rocha

CIP-Brasil. Catalogação-na-Fonte
Sindicato Nacional dos Editores de Livros, RJ.

M854L

Morosoli, Juan José, 1899-1957
   A longa viagem de prazer / Juan José Morosoli; tradução de Sergio Faraco. – Porto Alegre, RS: L&PM, 2009.
   112p. – (Coleção L&PM POCKET; v. 833)

   Tradução de: *El largo viaje de placer*
   Anexos
   ISBN 978-85-254-1963-7

   1. Conto uruguaio. I. Faraco, Sergio, 1940-. II. Título.

09-4553.	CDD: 868.993953
	CDU: 821.134.2(899)-3

© sucessão Juan José Morosoli, 2009

Todos os direitos desta edição reservados a L&PM Editores
Rua Comendador Coruja, 314, loja 9 – Floresta – 90220-180
Porto Alegre – RS – Brasil / Fone: 51.3225.5777 – Fax: 51.3221-5380

Pedidos & Depto. Comercial: vendas@lpm.com.br
Fale conosco: info@lpm.com.br
www.lpm.com.br

Impresso no Brasil
Primavera de 2009

Sumário

A longa viagem de prazer, de Juan José Morosoli
Léa Masina..................7

Prólogo à edição brasileira – *Heber Raviolo*................9

A LONGA VIAGEM DE PRAZER
    O burro 21
    Um gaúcho..................27
    Dois velhos..................34
    O companheiro..................45
    Solidão..................51
    O aniversário..................58
    A longa viagem de prazer 66
    O viúvo..................74
    A viagem até o mar..................79

ANEXOS
    Cronologia 97
    Posfácio – *Pablo Rocca*..................101

A longa viagem de prazer, de Juan José Morosoli

Léa Masina*, 2008

Francine Prose aponta como fundamentais numa obra literária a capacidade de comover e a competência para deliciar, superando mesmo a expressão de opiniões e ideias do escritor. Estes dois verbos, comover e deliciar, expressam a forte impressão que causam os contos de Juan José Morosoli. Ele não é um escritor preocupado em expor pontos de vista, muito embora suas ideologias perpassem cada frase, cada palavra do texto. Nos contos domina a simplicidade da campanha uruguaia, articulada em uma narrativa avessa ao regionalismo estereotipado, mas forte o suficiente para dar conta das diferenças que estão no ritmo interno das personagens, nas suas falas e na própria linguagem do narrador. As personagens são homens simples, cujas vidas trazem as marcas melancólicas da solidão, dominante no ambiente, no cenário, nos hábitos e nos costumes regionais. Seres solitários, mesmo assim jamais perdem a esperança, aceitando pacatamente o que a vida lhes dá.

Contos escritos com economia verbal invejável, fruto, com certeza, de muito trabalho e revisão, os

---

* Doutora em Letras e professora da Universidade Federal do Rio Grande do Sul. (N.E.)

textos de Morosoli são preciosos porque articulam, com propriedade, a forma e seu conteúdo. No entanto, o leitor não se deve deixar enganar pela aparente simplicidade da forma: o andamento narrativo é sempre surpreendente. E, sem qualquer vestígio de epifania, o narrador o conduz a epílogos construtivos, em que a solidão – o terror que assola as personagens – será quase sempre atenuada ou excluída pelo verdadeiro amor da amizade.

Em alguns desses contos, esses solitários, homens que vivem na pobreza de lugarejos perdidos no interior do Uruguai, buscam atenuar solidão, ignorância e miséria, acolhendo – sem questionar – a amizade, a parceria e o companheirismo de animais e de pessoas que encontram por acaso. Essa união de diferenças sugere que talvez seja a vida a grande personagem de Morosoli, eis que a todos conduz, premiando a capacidade humana de lutar e sobrepor-se às dificuldades, dignificando-lhes a existência com a solidariedade e o apoio de parceiros.

Importante ressaltar: cada história narrada é uma aula de bem escrever. Nelas, o autor revela precisão no domínio da linguagem, fato esse que a primorosa tradução do escritor Sergio Faraco acentua. Disso resultam textos com cortes cirúrgicos, nos quais a síntese dramática enriquece o texto, fazendo ressaltar um sem-número de revelações ocultas sob a aparência pacata daqueles homens simples.

Prólogo à edição brasileira

Heber Raviolo*

Juan José Morosoli (1899-1957) é um desses narradores, numerosos na América Latina, que apesar de reputados verdadeiros clássicos dentro das fronteiras de seus países, não tiveram divulgação fora delas. Estes nove relatos que agora nos oferece Sergio Faraco, em tradução impecável, cumprem, pois, em primeira instância, uma tarefa de justiça: demonstrar que os valores literários de Morosoli podem resistir não só ao cotejo fora de seu âmbito vital, mas também à transposição para outro idioma, prevalecendo às supostas limitações de sua extração regional.**

O regionalismo de Morosoli é algo aceito e proclamado pelo autor como a substância e a raiz de sua arte. Nascido na cidade de Minas, de escassas dezenas de milhares de habitantes, rodeada de serras e chácaras e também de latifúndios, Morosoli é um dos poucos escritores uruguaios de primeira

---

* Editor uruguaio, também crítico literário e ensaísta. (N.E.)
** Na mesma época em que Sergio Faraco começou a divulgar algumas dessas traduções em publicações brasileiras, Augusto López Bernasconi e Gabriele Alberto Cuadri publicavam versões de Morosoli em italiano na imprensa de Lugano (Suíça). Em abril de 1989 apareceu o volume *I muratori de Los Tapes*, que inclui o relato homônimo e uma seleção de contos (Edizioni Casagrande de Bellinzona).

linha – talvez o único – que jamais abandonaram sua terra natal, sua pátria *chica*, atraídos pelo cosmopolitismo e pelas possibilidades culturais de Montevidéu. Quando morreu em Minas, nos últimos dias de 1957, deixou uma obra pequena, mas sólida e absolutamente pessoal, que estabelece um marco na corrente *criollista* – que tanta importância teve no Uruguai durante os primeiros cinquenta ou sessenta anos do século XX – e ao mesmo tempo a desborda.

É uma obra que, após iniciar-se com tentativas teatrais e experiências poéticas, centralizou-se nos relatos breves: um par de novelas (*Muchachos*, com pouco mais de cem páginas, e *Los albañiles de Los Tapes*, ainda menor) e ao redor de uma centena de contos curtos, em sua maioria de quatro ou cinco páginas.* A unidade desses relatos é total e de certo modo eles constituem um grande relato único e múltiplo sobre a categoria de seres em que se fixa a atenção do autor: os marginalizados do campo e da cidade, os "viventes", como os chama, os seres anônimos, sem formação intelectual, sem expectativas vitais que ultrapassem o contorno de sua modesta condição social.

Se há algo muito claro, é que Morosoli, nesses contos, nunca se preocupou com a "atualidade",

---

* Obra narrativa de Morosoli: *Hombres* (1932), *Los albañiles de Los Tapes* (1936), *Hombres y mujeres* (1944), *Perico* (1947), *Muchachos* (1950), *Vivientes* (1953), *Tierra y tiempo* (1959) e *El viaje hacia el mar* (1962). De sua obra em prosa cabe destacar também *La soledad y la creación literária* (1971), que colige sua produção ensaística.

entendida esta, obviamente, em seu sentido mais superficial, isto é, no sentido de "novidade", de estar em dia: ele procurou e explorou bem outra matéria em suas personagens, em seus temas, nas dimensões que resgatou para sua narrativa. Ruben Cotelo caracterizou-lhe a obra como "o testemunho de homens solitários em trânsito para a extinção". O próprio Morosoli, em seu ensaio *Algunas ideas sobre la narración como arte y sobre lo que ella puede tener como documento histórico*, mostra-se sabedor de que está escrevendo sobre um tempo morto:

> *(...) se produce con la muerte de un tiempo la muerte de las criaturas de este tiempo (...). Narrar los grandes sucesos es más fácil que entrar en estas vidas para verlas en su grandeza elemental (...), donde no entra nada que no esté ya dentro del hombre. Y entonces, sigo mirando, deteniéndome, contando, cosas que los tiempos cambian, vidas que un día se van por el camino de todos, vidas que a mí me quedan para ayudarme a sentir mi propia vida como la compañia de un árbol o de un caballo o de una nube.*

Analisando este aspecto dos contos de Morosoli, já dissemos algures que as suas são personagens que "estão já condenadas a ficar à margem da história, verdadeiros anacronismos na era do automóvel e do avião, mas, não o esqueçamos, representantes de formas de vida que tiveram milhares de anos de vigência e que o século XX arrinconou nos subúrbios das povoações ou nas solidões dos campos, antes de arrancá-las definitivamente da liça", definindo sua obra como "uma elegia por um mundo condenado inapelavelmente a desaparecer em nome da modernidade". E assim surgem os *morosolianos*, esses seres elementares, concentrados em si mesmos e em sua condição, como náufragos no tempo social de nossos dias, restos de uma forma de humanidade que se nos escapa sem que saibamos ao certo por quais outras formas será substituída, e ainda se existirão deveras essas outras formas, ou se só nos depararemos, no futuro, com uma massa informe e gris. Uma coleção de viventes: tropeiros, aramadores, estaqueadores, esquiladores, retovadores, forneiros, galponeiros, quinchadores, carneadores, domadores, amortalhadeiras, poceiros, rezadoras, carvoeiros, carreteiros, mateiros e paus de toda obra, que vão como deslizando num mundo sem conflitos aparentes, deslizando para a morte, *como si esta fuera un irse limando, gastando como una piedra en la corriente de un arroyo*, segundo frase do próprio Morosoli. Porque nesses seres não há grandes conflitos, tampouco espírito de aventura:

o conflito dramático e a aventura subentendem um mundo vivo, um desenvolvimento e expectativa de futuro, e não algo que já se cristalizou.

Por isso, tais seres se radicam num lugar, num pago, num *pueblo*, ou andam pelos caminhos sem destino, sem saber o que buscam e nem se de fato buscam, numa espécie de contemplação de si mesmos ou de sua própria condição. *El drama del hombre de este tiempo es tal vez el haber perdido la facultad de sentirse vivir*, disse Morosoli, e no tempo estancado que é o tempo de sua obra, suas personagens parecem empenhadas, obstinadamente, em sentir-se vivas, aferradas, sem o saber, a certas categorias humanas elementares e por isso mesmo essenciais.

Viventes de um tempo morto, ou condenado a morrer, é o que poderíamos dizer dos seres morosolianos. *Viventes*: seres anônimos, sem outra credencial para apresentar senão a própria vida, essencialmente solitária, pois a solidão é a outra característica, o outro grande tema que ocupa a obra de Morosoli, intimamente relacionado não só com o da extinção, com o da marginalização histórica, mas também com algo muito mais especificamente uruguaio. Partindo de seus entes solitários, enraizados como plantas, de seus gaudérios sem destino, esses contos se projetam de sua base realista a um plano poético e simbólico que lhes outorga perenidade e relevância, convertendo-os numa ampla metáfora de nossos campos, nossos *pueblos*, nossos homens. É o deserto transferido aos homens, a solidão de nossa terra encarnando neles.

O plano regional e o plano universal, portanto, mostram-se interligados, facultando a superação de qualquer pretensa limitação *criollista*.

Observe-se que a equação de Morosoli está aquém – ou além, como queiramos – do social, entendido em sentido estrito. Não se tratam de formas de vida em risco ou na iminência de desaparecer por motivos de ordem econômica ou político-social. É toda uma revolução tecnológica que, no século XX, vai deixando-as à margem, independentemente da justiça ou da injustiça do sistema social em que se inscrevam. Não é um processo gradual de aparecimento e desaparecimento, a substituição paulatina, através dos séculos, de determinadas formas de vida por outras, mas a brutal eliminação de uma milenária civilização rural, condenada a extinguir-se ou degradar-se num prazo de poucas décadas, agredida permanentemente pelos meios de comunicação de massas, pela cultura dirigida e pré-fabricada nos grandes centros de produção internacional.

Para o bem ou para o mal, o século XX, na história da humanidade, implica um corte de inaudita, inédita violência, e de uma dramaticidade tal que, sumidos no torvelinho das novas técnicas, dos novos inventos, do *confort*, nem sempre somos capazes de compreender. Há um *antes* que vai ficando irremissivelmente relegado, e que abrange nada menos do que toda a história da humanidade, e há um *depois* vertiginoso, num encadeamento de mudanças que se acelera em progressão geométrica até formas que, pela dinâmica de transformação permanente em que vivemos, não parecem definir-se, carentes do necessário assentamento, de uma possibilidade de maturação que as enriqueça e as dote de conteúdo.

Tudo isso pode parecer um excesso digressivo, mas cremos que favorece a compreensão de alguns aspectos temáticos e até estilísticos de Morosoli. Em seus contos há sempre uma tensão que, pensamos, resulta de uma espécie de duplo enfoque do autor: de um lado, a visão elegíaca, poética, desses seres, ofícios e ambientes condenados irremediavelmente a desaparecer, últimos vestígios de uma civilização em crise; de outro, a consciência clara de que são seres e formas *efetivamente* condenados, ou seja, de que seu tempo é um tempo morto, sem futuro, refletido no essencial imobilismo de suas criaturas.

Esses homens marginalizados pela sociedade parecem aferrar-se ao pouco que podem possuir, um pedaço de terra, um rancho, um amigo, olhando-o com seriedade, com a seriedade que devemos manter em relação àquilo que dá um sentido às nossas vidas, em meio ao isolamento e à solidão. Esta situação se reflete na linguagem de Morosoli, em sua terminologia, igualmente em sua sintaxe, no ritmo peculiar da frase, num ritmo fatigado, cortado, de frases curtas, rotundas – o estilo de seus contos, mas não o de seus ensaios e crônicas jornalísticas. Mas tal linguagem é uma criação consciente. É o que se depreende, inequivocamente, da leitura de seus ensaios, como nesta passagem de *Minas, el hombre y el paisaje:*

> *Esto da fatalmente un hombre recio pero sin reposo, sin la gracia de lo que está en su ámbito. Un tipo de pupila dura que ignora la gracia de contemplar porque otea y no mira, penetra y no acaricia. Y da el lenguaje que le acomoda. Frases cortas y punto. Adjetivo y punto y silencio. Y otra vez el silencio, al que desciende y hurga, y revuelve y revisa. Buscando encontrar la verdad dura de la palabra. Asombra la conversación de estos hombres por la sobriedad angustiosa de palabras y la profundidad de sus silencios. Tras la palabra cae el silencio, que ele que oye une a la palabra y penetra y descifra, encontrando recién el pensamiento desnudo como si éste seguiera a aquella como sigue la raíz al talo tironeado. El silencio es la caja de resonancia de su pensamiento.*

Seria difícil descrever-se com maior precisão a linguagem de seus contos, essa linguagem na qual cada frase parece fechar-se em si mesma, como se estivesse a pedir uma pausa, um silêncio, antes de dar passagem à seguinte. A esse propósito, já noutra ocasião apontávamos a diferença que existe entre a linguagem morosoliana e "o esplêndido e torrencial fluxo verbal dos contos de Javier de Viana"*, sublinhando que por aí pode-se entrever a chave do que busca Morosoli em seus relatos. Já se disse que no mundo de Viana dá-se a conversão do gaúcho em *paisano*. É verdade, mas nas personagens mais humildes de Viana parece ainda palpitar, como nostalgia, como tradição, como lenda ou simples presunção, a veia épica do gaúcho a cavalo, do ginete de lança e boleadeira, dono da planura sem fim. Já nos contos de Morosoli não se evidenciam referências a personagens ou fatos de nossas guerras civis. Seus *paisanos* já não têm história. Já trocaram definitivamente a bota pela alpargata, e são ou sedentários que se apegam, como se uma crosta fossem, a um rincão, a uma porção de terra, a um ofício, ou gaudérios que, ao invés de buscar, de avançar em direção a algo, parecem fugir, estar em constante retirada. Daí resulta que esses homens, tão distintos, falem tão distintamente, com uma linguagem cheia de silêncios, como se emergissem de uma solidão sem tempo.

* Javier de Viana (1868-1926) é, juntamente com Horacio Quiroga, o mais importante narrador da chamada *Generación del 900*.

* * *

A seleção feita por Sergio Faraco para esta edição é representativa do que mais se louva na obra de Morosoli e corresponde aos seus últimos anos. Com exceção de "O companheiro", pertencente ao seu primeiro livro de contos (*Hombres*, 1932), os demais são todos frutos de sua maturidade criadora. "A longa viagem de prazer" e "A viagem até o mar" nunca foram publicados em livro pelo autor e apareceram em volumes póstumos. Os demais pertencem a *Tierra y tiempo* (1959), o melhor livro de Morosoli, preparado e ordenado pouco antes de seu falecimento.

Uma pátina de melancolia, um fino humor, uma aura de solidão profunda, silenciosa e angustiada, e também aquilo que poderíamos apelidar de "estoicismo analfabeto" constituem a substância desses relatos, todos eles estruturalmente perfeitos, verdadeiros modelos do conto breve. Riquíssimas de vida, com a arte realista de Morosoli em todo o seu esplendor, suas personagens permanecem como verazes arquétipos desse mundo vário dos "viventes", dos que já não têm história, mas ainda são capazes de sentir-se viver.

A LONGA VIAGEM DE PRAZER

O burro

Umpiérrez despertava, começava o mate, acendia o fogo e preparava um churrasquinho nas brasas. Comia, depois ia para o forno de tijolos onde trabalhava. Ao meio-dia separava-se do grupo de cortadores que faziam o fogo em comum, acendia seu próprio fogo, tomava mate, encostava uma carne e almoçava. De tarde, ao voltar do trabalho, passava pelo matadouro, trazia umas fressuras, assava-as, tomava mate e jantava. Depois sentava-se ao relento, fumando. Pelo caminho sem desvios que ia dar no forno não passava ninguém. Às suas costas, as tunas e as sinas-sinas faziam desenhos na noite. Depois ia dormir.

No dia seguinte fazia a mesma coisa. E no outro, igual. A única exceção era o domingo, pois nesse dia não trabalhava e fazia comida de panela: puchero e guisado.

*

Certa vez Anchordoqui lhe perguntou:
– Não vais nunca ao bolicho?
– Pra quê?
– Ué, tomar uns tragos, jogar truco...

– E depois ter que pelear?

– E as mulheres não te agradam?

– Pra quê? Pra te encher de filhos?

Anchordoqui seguia perguntando, confiava em deixá-lo sem resposta.

– E um cachorro? Não tens?

– Pra quê?

– Como *pra quê*? – reclamou Anchordoqui, mal-humorado. – Pra ter, só isso, pra que as pessoas têm cachorros?

– Se é só pra ter, melhor não ter.

– Mas uma diversão qualquer... – gemeu Anchordoqui, em retirada.

– Queres melhor diversão do que viver como eu vivo?

E desta vez foi Anchordoqui quem não respondeu.

*

Com os vizinhos ele se dava bem. De manhã cedo se encontrava com Nemésia, a lavadeira, vizinha de metros adiante. Ela lhe dava bom-dia, trazia o carrinho no qual levava as trouxas para o arroio e por fim as carregava. De vez em quando Umpiérrez a ajudava a levantar as trouxas.

Com Vera, o guarda-civil, vizinho do outro lado, ele se encontrava na boca da noite, ao voltar do serviço, e os dois costumavam trocar algumas palavras. Certa ocasião, quando Vera ficou doente,

Umpiérrez lhe fez companhia. Levou a chaleira e a cuia, sentou-se ao lado da cama, perguntou-lhe se queria alguma coisa e logo começou a matear, calado.

Momentos depois, Vera disse:

– Não falo porque estou mal da garganta...

– Fique quieto – mandou –, não estou aqui pra ficar proseando e sim pra lhe fazer companhia.

E assim esteve até que Vera adormeceu.

– O homem dormiu – disse consigo.

Pegou a chaleira, enfiou a cuia no bolso e foi embora.

*

Um dia partiu para a estância de Ramírez. Ia fazer quatro fornadas de tijolos "por um tanto" mais teto e comida.

Ao terminar, disse a Ramírez:

– Pronto. Se não precisa de mais nada...

Ramírez respondeu que não. Disse também que estava muito satisfeito com ele e com o trabalho que fizera.

– Vou te dar de presente uma manta de charque, meio capão e uma bolsa de batata-doce.

– O problema é levar – ele comentou.

– Carrega o burro. Chegando em casa, solta na estrada.

– Ele cabresteia?

– Experimenta.

Era um burro sem dono e cansado de caminhos, que tinha vindo parar ali num dia em que encontrara a porteira aberta. Tinha um pelo gris, basteiras que já começavam a pelechar e orelhas caídas, pendendo nas queixadas.

Encilhou o cavalo, carregou o burro e partiu. O burro emparelhou o trotezito do cavalo sem dificuldade. Cabresteava que dava gosto. Umpiérrez andou mais de hora, esquecido do burro, e então lhe ocorreu olhar para trás. O cabresto se soltara da argola, mas o burro mantinha a marcha como se nada tivesse acontecido.

– Veja só – disse Umpiérrez.

Desmontou, sacudiu a crina do burro com simpatia, prendeu o cabresto e seguiu viagem.

Chegou, desencilhou, e depois de refrescar o cavalo soltou-o ali por perto, no campinho que lindava com o forno. Achou que o burro teria sede. Trouxe a lata de lavar os pés, encheu e esperou.

– Depois de beber o burro pega a estrada – murmurou. – Fome ele há de ter.

Mas o burro bebeu e ficou parado na frente dele, olhando-o com uma curiosidade cheia de ternura.

– Onde já se viu uma coisa dessas – disse Umpiérrez, à meia-voz. E depois de um silêncio: – Umpiérrez, dá um pouco de palha pro burro. Ele trouxe pra ti o charque, o capão, as batatas...

E quando ele se aconselhava, sempre aceitava

os conselhos. Por isso foi buscar uma braçada de palha de milho.

*

No outro dia, a voltar do trabalho, encontrou López – um espanhol riquíssimo, dono de metade da cidade – olhando para o burro.

– Que lindo animal – disse López. – Quando eu era pequeno e cuidava das ovelhas na montanha, tinha um igual.

Umpiérrez pensou que López estava debochando dele e do burro, mas não, López continuou no mesmo tom:

– Amanhã vou trazer meus netos e ainda hoje te mando um saco de milho e outro de farelo.

Umpiérrez ficou cismando. Achou que a atitude do burro para com ele, e depois a de López para com o burro, eram coisas muito estranhas. E aquela generosidade, partindo de López, mais ainda.

*

Ia ao forno. Vinha. Ia outra vez. O burro o via partir de peito para a estrada, como faz um cão ao ver partir seu dono. Ao entardecer, quando Umpiérrez voltava, o burro estava ali, esperando.

*

Naquela tarde, encontrou López e Nemésia na frente do rancho e perguntou:

– Que aconteceu?

– A molecada quase matou o burro a pedradas. Se Nemésia não tivesse chegado a tempo... Amanhã vamos fazer um cercado e um galpão de tábuas.

Era um galpão fechado, de piso seco, com cheiro de pasto. Quando chovia, Nemésia vinha ali para lavar e secar roupa. Umpiérrez preparava o mate para os dois. Um dia ela se ofereceu para fazer a comida e ele aceitou.

*

Anchordoqui terminou o comentário:
– Não queria bichos nem mulher, mas o caso é que os três levam uma vida melhor do que a minha...

Um gaúcho

Montes chegou ao bolicho de Anchorena em sua própria carreta. Tinha pouco mais de 20 anos. Era forte, bem parecido, quieto e guapo.

Aproximou-se do balcão e disse ao bolicheiro:

– Soube que morreu seu carreteiro velho e estou aqui porque, se precisar de outro...

– De onde és?

– De Puntas de Pan de Azúcar.

– E no teu pago não havia serviço?

– Meu pago é onde eu ando – Montes respondeu.

O vasco o contratou, mas ficou pensando: "Vir de tão longe, sem carga, pedir trabalho? Mudam de pago os contrabandistas, os domadores. Mas os carreteiros..."

Preferiu deixar que o tempo respondesse às suas perguntas. Depois se convenceu de que Montes tinha mudado de pago por lhe dar na telha e qualquer dia levantaria o poncho outra vez. Era um bom carreteiro, mas não tinha alma de carreteiro.

Ficou ali pouco mais de um ano. Até o dia em que Martina deu à luz uma menina. Martina era a peona da casa. Cozinhava, lavava a roupa e arrumava o quarto do dono, que era cinquentão e solteiro. Também servia a mesa do bolicho quando aparecia algum freguês. Ali costumavam parar caixeiros-viajantes ou cupinchas de contrabandistas, que vinham vender parte da carga de seus companheiros. Uma mulher assim pode ter um filho e o filho ser só dela.

Antes de partir, Montes deu seu nome à filha de Martina.

*

Muito tempo depois soube-se que estava no Chuy. Morales encontrou a carreta perto do armazém do turco Gómez. Entrou no armazém e perguntou por Montes.

– Trabalhava aqui – respondeu o turco. – Um dia largou a carreta, cruzou a fronteira e não voltou.

– Terá morrido? – perguntou Morales.

O turco sorriu:

– Talvez seja contrabandista. Mas não aqui, lá pra cima.

Estava em Piedras Negras, dez ou doze léguas acima da embocadura do Chuy, no outro lado da fronteira. Com rancho e mulher. Ali se aquerenciou por três ou quatro anos. Rico num mês, pobre em dois. Vivia com a *bayana* Paula*, que o trazia de rédea curta. Era uma vida sem meios-termos,

---

* Isto é, a fronteiriça Paula. Moradora da fronteira. (N.T.)

brutalmente linda e perigosa. Quando Montes fazia três ou quatro "passadas", por encomenda de outros que não queriam arriscar o pelo, voltava ao rancho endinheirado e ansioso por carícias. A *bayana* o esperava com fervor. Ardiam os dois como duas brasas. Eram amores como febres, com pausas de canha, boa mesa e sestas que terminavam na boca da noite. Mas quando ele começava a se ausentar à procura de mais "passadas", a mulher, que era ciumenta, briguenta e boca suja, começava a enfurecer. Montes ia respondendo com o silêncio. Quando ela se tornava insuportável, dava-lhe uma surra e partia. Ela enfrentava, sozinha, a tremenda solidão do lugar, até que um dia ele voltava. Era então uma fruta de pele tensa e ardente, que se desfazia em méis.

Uma noite apareceu o cavalo de Montes, encilhado, na frente do rancho, e ela não teve mais notícias dele.

*

Oito ou dez anos depois, o negro Beracochea, tendo subido com uma tropa até Aceguá, trouxe novidades. Encontrara-o feito vendedor ambulante na fronteira, num carroção de quatro rodas.

– Opa – o negro o fez parar –, não és o Montes?
– Ele mesmo.
O negro encostou o cavalo na carroça.
– Me conheces?

– Dos Tapes. Beracochea?

– Isso! Que é feito da vida?

– Bem. E o pessoal? E dom Anchorena?

Perguntava como se ontem tivesse deixado o pago.

– Bem, todos bem. Tá grande a guria. Já anda por casar.

– A da Martina?

– Claro.

– Veja só!

A tropa ia se adiantando lentamente pela estrada. Montes e o negro tinham ficado sem assunto. O negro não se animava a perguntar mais coisas e Montes não precisava fazer perguntas novas. Nunca precisava fazer perguntas, Montes.

– Os guampudos não esperam – disse Beracochea, despedindo-se. – Quando nos veremos de novo?

– Qualquer dia, na estrada – respondeu Montes.

E cada qual seguiu seu rumo.

*

Passados uns seis ou talvez oito anos do encontro com Beracochea, Anchorena foi a Melo com uns ovinos de raça, para uma exposição. Apeou defronte a um bolicho para refrescar-se e viu Montes chegar. Dirigia um calhambeque com um baú atrás. A seu lado vinha um homem. Era um galego que vendia virgens e santos, orações para curar picada de cobra e livros de versos campeiros.

Anchorena o cumprimentou com ruidosa alegria.

– Tudo vai bem contigo?

– Bem? – e apontou para o galego, acrescentando: – Não vê que ando carregando esse homem que vende santos?

Era uma resposta enfastiada e amarga. Anchorena o convidou para tomar algo e se aproximaram no balcão.

Depois o vasco ofereceu-lhe uns pesos.

– Pega, Montes. Pra mim é sobra e tu precisas.

– Agradeço – recusou. – Se a gente não se encontra mais, como é que vou pagar?

O vasco insistiu um pouco, mas compreendeu que era inútil.

– Estás morando onde, Montes?

– Pra tudo que é lado. Que é que vou fazer?

O vasco despediu-se e partiu.

Montes não se moveu do balcão, onde parecia estar como prisioneiro da estrada, empurrado até ali pela estrada, olhando para o outro lado do balcão como se contemplasse uma terra limpa até o horizonte.

*

No bolicho de Bentos, na fronteira, havia umas carreiradas. Esperando o dia seguinte, quando enfrenariam, o pessoal se distraía no carteado. Quase às escuras, num galpãozinho de guardar pelegos e caixotes, oito ou dez velhos alimentavam o vício com rodadas de um *real*.* Entre eles, Montes.

Um negro velho meio borracho refugou uma jogada. Montes ergueu-se, aproximou-se do homem e o segurou pelo lenço do pescoço.

– Se não tem dinheiro, cai fora.

O negro puxou a faca e a sepultou no ventre dele.

Agora que estava frio, viam-se a velhice e a pobreza de Montes. Calçava alpargatas, a lona costurada com tentos na sola desfeita. Vestia uma bombacha brasileira grosseiramente cerzida e cheia de remendos. Uma camisa velha e suja mal e mal lhe cobria o peito, onde tiritava um pelame gris, com fios de cinza. A barba subia até as têmporas fundas. A boca chupada fazia saltar o nariz de fio gelado.

*

Enquanto o pessoal gritava suas apostas na cancha de Borges, quatro ou cinco velhos conduziam o caixão para o cemitério. Em sentido contrário galopeava um homem. Alcançou o cortejo. Tinha boa aparência. Vinha bem montado. Tinha boa roupa.

---

* Moeda divisionária que representava a décima parte do peso. (N.T.)

– Montes? – perguntou.
– Sim, ele.

*

Um dos velhos se abaixou, pegou um punhado de terra e o lançou sobre o caixão de madeira lisa. O moço o imitou. O velho se ergueu e perguntou:
– Conhecia?
– Não – disse o moço –, mas pode ser que tenha sido meu pai.

Dois velhos

Foi uma amizade que começou no guichê de pagamento das pensões. Deram a dom Llanes um papel para ser preenchido com seus dados pessoais.

– Pode fazer isso pra mim? – perguntou ao funcionário.

– Não, mas talvez aquele homem possa.

Indicou um que estava esperando. O homem aproximou-se, recebeu seu dinheiro e deu uma ajuda a Llanes. Este apresentou o papel e recebeu também. Deixou o prédio junto com o outro.

*

Na rua, Llanes convidou:

– Tomamos um copo?

– Obrigado, não bebo.

– Então aceite uns biscoitos.

– Eu lhe agradeço, mas, verdade, a essa hora não sinto fome.

Dom Llanes o olhou de frente. Notou que era um velho miudinho. Delicado. Magro. Arrumadinho. Tinha boa gravata. Bons sapatos lustrados. Mãos finas e brancas que pareciam de mulher.

– Está bem – disse. – Eu quando recebo como algum biscoito e empurro umas biritas.

✳

A manhã estava linda. A praça ensolarada. Sob as acácias de sombra redonda medalhas de sol molemente se embalavam. Havia um silêncio picado pelos pios dos pardais. Dom Llanes olhou para as árvores. Tirou do bolso a tabaqueira e ofereceu ao outro.

– Faça um. É de contrabando.
– Obrigado, não fumo.
– Você é doente?
– Não senhor, mas me cuido.

Fez-se uma pausa. No centro da praça, sob uma acácia dourada, o banco em que Llanes costumava sentar-se para comer biscoitos parecia esperá-los.

– Que acha de sentar pra conversar?
– Isso sim.

Dom Llanes era um homem baixo, de pescoço curto. Vestia bombacha folgada, abotoada nos tornozelos, e calçava alpargatas. Emanava dele uma força tranquila. Seu rosto era plácido. Sem sorrisos, de olhar forte, mas não duro, um olhar que se demorava um pouco nas coisas. Falava devagar, com voz grossa e baixa. A barba recém-feita salientava o tostado da pele no pescoço e no rosto. Um tostado cor de tijolo.

– Sempre me sento aqui quando recebo.

– Eu sei, já vi. Venho aqui muitas vezes, mas logo me canso. E depois venho de novo...

– Ué...!

Então o "velhinho" – assim o batizara Llanes –, certo do interesse do outro, prosseguiu:

– Como não tenho família moro numa pensão...

– Não é nada bom – disse Llanes.

– Sim, é triste, mas...

Dom Llanes ficou esperando a continuação, depois perguntou:

– E aí?

– Isso. Três num quarto. Os outros são jovens, trabalham. Vêm comer e se vão. Depois voltam e se deitam.

A necessidade de contar sua vida superava sua prudência diante daquele homem, com o qual falava por primeira vez e que parecia tão diferente dele.

Continuou:

– Mal caem nas camas e já estão dormindo.

– As camas são pra isso...

– Sim, eu sei. Mas eu me deito e custo a dormir... E depois que durmo me acordo outra vez... E custo a dormir de novo... Até que me levanto, bem cedo, e fico esperando.

– Esperando o quê?

– Nada! Sabe o que é ficar esperando o nada?

– Não, isso eu não sei.

– Fico esperando a hora de almoçar... Saio, entro e saio outra vez... Dou uma volta na quadra... Me sento aqui e espero. Calculo que é meio-dia e ainda são dez horas... O meio-dia demora pra chegar... Almoço, tenho que esperar que passe a tarde, e a tarde não passa nunca. Quando a noite chega, espero o jantar... Me deito... Não consigo dormir e o pior é que preciso ficar quieto, tenho medo de acordar os outros.

Llanes escutava. Não compreendia muito bem a tragédia do homem, mas dava-se conta de que alguma coisa estava errada.

O outro continuava e Llanes começou a impacientar-se por ver que ele se conformava e ainda ia contando devagarinho, contra seu desejo de que a história terminasse em algo. De que acontecesse algo, enfim. Até que o interrompeu:

– Mas você não fica louco, amigo? Isso é pior do que ser paralítico!

– Como *pior do que ser paralítico*?

– E não? Um paralítico está paralítico e fim, mas você pode andar, fazer qualquer coisa, não está amarrado, nem doente, nem preso, nem sei lá o que mais.

– Sim, sim, tem razão, mas...

Os dois tinham desabafado. Pareciam estar vazios. O silêncio não os separava e tampouco os unia. Como se tivessem voltado à natural solidão. Ficaram assim até que Llanes disse:

– Que acha de ir até meu rancho e comer um assado?

O velhinho só aceitou porque lhe faltou força para recusar. Não compreendia como pudera saltar fora de sua rotina, de seu destino de peça engrenada num vazio que o fazia funcionar sem razão. Que o fazia funcionar só por funcionar. Sem explicação possível.

*

Palavras foram e palavras vieram. A tarde passou sem que notassem. Tinham percorrido a propriedade de Llanes, indo até as barrancas do arroio, a uma centena de metros da casa.

*

Já estavam perto da pensão. Andaram duas ou três quadras sem falar, e então Llanes disse:
– O que você deve fazer é vir morar comigo. Experimente. Se não gostar, desiste...

O velhinho vacilou. Olhou para Llanes e respondeu timidamente:
– Bem... Se você quer...

*

O rancho era amplo. Limpo. Paredes de tijolos e teto de quincha, erguido num terreno de dois mil metros bem-cultivado. Em duas forquilhas cravadas na terra estava o feixe de varas de pescar, com uma bolsinha cobrindo as pontas.

Llanes tomava mate ao lado do fogão. Era a primeira manhã que iam compartilhar. O velhinho se lavou, penteou-se e se aproximou do fogão.

– Bom dia.

Em resposta, Llanes entregou-lhe o mate. Mais do que um convite, era uma ordem:

– Tome!

– É cedo – comentou o outro –, você madrugou.

– Cedo? Já são seis – e depois de uma breve pausa, acrescentou: – Como é que você vai dormir de noite, se só se acorda no meio da manhã?

O outro nada disse, mas pensou: se ele diz que o meio da manhã é às seis, decerto se levanta às quatro...

Tomaram quatro ou cinco mates. Llanes deu outra ordem:

– Vamos ao mercado. Hoje é dia de fazer puchero.

Na volta, Llanes saiu para buscar verduras e lenha. O velhinho considerou que sua obrigação era ajudar o amigo e pôs-se a lavar a carne. Llanes encontrou-o nisso.

– O que está fazendo, homem? – perguntou, irritado. – Está pensando que carne é camisa? Não vê que se perde o suco todo?

O outro silenciou, vexado com a reprimenda. Llanes notou e sentiu pena. "Parece uma criança", pensou. E disse:

– Você não deve fazer nada sem perguntar. Não vê que não sabe?

*

O velhinho começou a crescer na estima de Llanes no dia em que leu o jornal "para os dois". Lia e fazia considerações sobre o que lia. Explicava tudo e Llanes entendia. Parecia-lhe "estar vendo" o que ele contava. As coisas se lhe "representavam", segundo disse.

Era uma crônica policial e no final Llanes comentou:

– Está mais do que claro. E a morte foi bem feita.

– Sim – disse o leitor. – Mas uma morte é uma morte.

– Depende. Ele é quem sabe.

– Sim, mas a prisão...

– Não é nada, digo isso porque sei. Feio é dormir com um morto debaixo do travesseiro. Se você mata pra se defender, o morto vai embora. Se não, ele fica. A justiça é você mesmo, não acha?

Calaram-se por momentos. Logo o velhinho perguntou:

– Você conhece algum caso?

– Sim. O meu. Fui preso, depois saí. E não estou lhe mentindo se digo que não me lembro da cara nem do nome do morto.

E depois de um silêncio:

– Bueno, se as coisas não entrassem e não saíssem da gente... Deus me livre!

*

Estavam tomando mate quando chegou um homem. Era jovem. Desceu de um caminhão.

– Bom dia – disse, e dirigiu-se a Llanes. – Como vai?

– Bem. E tu?

– Bem.

Mostrou o caminhão e disse:

– Agora estou trabalhando bem. É meu.

– E tua mãe?

– Bem.

Calaram-se. Pareciam ter dito tudo, até que Llanes perguntou:

– Queres ficar para comer?

– Não, preciso ir. Estou carregando lenha.

Outro silêncio. Pesado.

– Assim que... me vou – estendeu a mão para Llanes e acrescentou: – Bueno... que continue bem.

– Obrigado. Lembrança à tua mãe.

O jovem subiu no caminhão e partiu.

O velhinho perguntou:

– E esse moço?

– Dizem que é meu filho.

Assombrou-se o velhinho. Llanes nunca lhe dissera que tinha família.

– Então você é casado?

E agora foi Llanes quem se assombrou.

– Casado? Não! Mas filhos devo ter... uns dois ou três...

– Ah!

– Caminhei muito. A gente anda por aqui e por ali, e como não ajuda e nem pede ajuda... E os filhos são da mãe, não do pai. Se a gente vai embora e ela fica, fica com eles.

O velhinho calou-se, mas ficou pensando: que homem esse Llanes! Fez filhos. Matou um homem. Esqueceu os vivos e os mortos. Está sozinho e é feliz.

Compreendeu que os fatos da vida ele ia relegando ao esquecimento, como se não tivessem consequências. Como fatos que, acontecidos, morressem.

*

Os sinos da igreja chamavam para a missa. O velhinho se levantou, vestiu seu fato domingueiro e saiu do rancho. Llanes mateava.

– Dormiu demais – disse, e alcançou-lhe o mate.

– Obrigado – disse o outro. – Hoje não posso. Preciso estar em jejum.

Esperou que Llanes perguntasse algo. Que quisesse saber por que estava com aquela roupa, pois desde que morava com ele era a primeira vez que a vestia. Mas Llanes não mostrou interesse nem pela resposta que deu, recusando o mate, nem pela roupa nova.

– Vou à igreja – disse. – Comungar. Vou seguidamente. Você não vai?

Llanes espantou-se.

– Eu? Não estou doente, não estou querendo nada... Por que iria?

O velhinho não disse nada e saiu. A caminho da igreja pensava: sim, ia pedir alguma coisa por ele. Não para agora. Para depois. Mas Llanes nem disso precisava. E recordou-se de algo que ele dissera um dia: pedir o que tem de ser dado? Se alguém tem de receber e não recebe, quem está errado é aquele que tem de dar e não dá. Então a gente agarra.

Por isso ele não pedia nada.

*

Agora a vida de ambos tinha um ritmo parelho. Comiam, tomavam mate, pescavam. Às vezes percorriam a costa do arroio. Falava o velhinho e Llanes calava. Às vezes perguntava algo, interrompendo as leituras do outro. Llanes trabalhava na terra. O velhinho o seguia com uma fidelidade de cão, andando no costado dele ou alcançando-lhe pequenas plantas que ele mudava de lugar.

*

Naquela tarde foram ao arroio. O velhinho viu Llanes despir-se e mergulhar, saltando da alta barranca. Depois ia e vinha, nadando, de margem a margem. Quando ele saiu, disse-lhe:

– Mas que homem você é, Llanes!

Llanes não entendeu e perguntou:

– Como?

– Que lindo ser como você!

Llanes impacientou-se.

– Deixe de besteiras. Dizer isso logo pra mim, que não sei ler.

O velho deu dois ou três passos, recolheu a roupa de Llanes e, ao entregá-la, disse:

– Vista ligeiro, Llanes. Está frio!

Llanes sorriu. Desde que estavam juntos era a primeira vez que sorria.

O companheiro

Companheiro tão especial como o chileno jamais teve o índio Barrios. Era comedido, serviçal, feito para dar-se bem com qualquer tipo de homem. Conheceu-o na estrada, num entardecer de junho. Num daqueles entardeceres brancos e transparentes que têm uma lua de vidro e árvores penduradas no céu.

Barrios ia com uma carga de lenha de arrasto. Cansado, tinha parado um pouco para refazer-se. A vila estava longe ainda. O chileno, depois de umas palavras ditas sem pressa ou preocupação, enrolou a corda na cintura, inclinou-se e arrancou.

Depois de dois ou três "deixe, companheiro, já chega", sem resposta do chileno, Barrios contentou-se em segui-lo. Ia ao lado dele.

*

Chegaram. O chileno, sem ser convidado, sentou-se num banco. Barrios foi fazer o fogo sem providenciar na luz do rancho. Movia-se familiarmente de um lado a outro, no escuro, preparando o mate, enquanto o chileno se deixava ficar ali, tranquilo, sem falar, certo de que teria um teto para aquela noite.

Barrios tinha a cabeça cheia de perguntas. Perguntas que, por motivos desconhecidos, não fazia: de onde viria aquele homem? Aonde iria? De que pago seria?

O chileno, ao menos por ora, não ia a parte alguma. Estava ali *nomás*.

*

Ora fazia fumo Barrios, ora ele. Às vezes, sem que combinassem, o chileno servia dois ou três mates, às vezes servia Barrios outros tantos. Como se aquilo já fosse um costume.

Era noite fechada quando o chileno convidou:

– Vamos ver se comemos?

Barrios demorou para responder.

– Sim – disse –, vamos forrar o estômago. Tenho aí massa e torresmo.

– Podemos fazer uma sopa.

Ignorava Barrios aonde ia parar aquilo.

O chileno fez um palito com a faca. Afinou a ponta e começou a espalitar os dentes. Percebendo o olhar atento de Barrios, esclareceu:

– É costume...

Mas isso não foi suficiente para livrá-lo dos olhares de Barrios. Então perguntou, para defender-se:

– Qual é sua graça, companheiro?

– Eu? Eu sou Jesús Barrios... E você?

– Eu? O chileno.

Calaram-se, e o silêncio, como um pedaço de pau que fosse de peito a peito, separou-os.

✶

Barrios baixou os arreios de algum lugar alto, pois gemeu e os estribos bateram no chão.

– Tem algum poncho sobrando, companheiro? Pra me cobrir só tenho a faca.

– Não diga...

– Pois... foi a única coisa que me sobrou.

– Pode ficar com os arreios... Tenho o catre.

– Então vou dormir como um ministro.

Tateando no escuro, começaram a se ajeitar. Barrios disse:

– Fiquei sem querosene e o lampião está seco.

E o chileno:

– Isso acontece.

E depois:

– Vou fazer uma coisa que ninguém pode fazer por mim.

Voltando, tirou as alpargatas e deitou-se. Não disse nem "passe bem a noite" e dormiu na hora.

✶

Pelas nove voltou o chileno. Barrios tinha ido ao "centro", onde batia o coração da vila: comissariado, bolicho e juizado. Quando retornou, seu companheiro estava encabando um machado que "tinha encontrado por ali".

– Amigo Barrios, tirei licença pra cortar aquele matinho de vimeiros.

– Pra quê?

– Está na época de cortar. Vamos fazer medidas pra carvão, balaios pra milho... Que tal?

– Hoje tenho serviço. Vou fazer churrasco numa festa.

– Bueno – disse o chileno –, desde já lhe encomendo as fressuras...

Assim sem mais. Em quinze dias já estava resolvendo pelos dois o que iam fazer ou deixar de fazer. Em casa era o número um. Cozinhava e era limpo como um espelho. Não parecia um andarilho. Mas era, e isso fazia dele um homem muito estranho.

*

– Pois veja – dizia Barrios a um tal Matías, empregado do bolicho, um tipo muito falador que trazia uma cicatriz na orelha, justamente por andar "levando e trazendo" –, não sei o que mais posso dizer dele. É um virador, mais do que eu, mas dinheiro pra ele não conta. É muito despachado. Bueno, é um companheiro especial. Agora somos uma dupla.

– Um frango magro e outro gordo.

Continuava Barrios:

– Pouco importa o que fez antes. A vida dele, pra mim, começa aqui. Plantado já grande. Como se antes não tivesse andado em lugar algum. E vou lhe dizer mais: não é homem de juntar gente. É meio aroeira o chileno!

*

Tempos depois o chileno apareceu com uma mulher. De manhã. Barrios estava medindo o carvão que o chileno comprara posto no mato, para pagar quando o vendesse. E o comprara de um homem que nem o conhecia.

– Não se preocupe, companheiro – disse ao chegar –, vamos fazer um tabique.

Fez o tabique e tudo continuou como antes.

*

A mulher tinha um filho. O rancho ganhou outra peça e um galpão de lata para guardar carvão.

O chileno jamais falou de seu passado e não apareceu ninguém que o conhecesse de outro lugar. A mulher o conhecia tanto quanto Barrios.

*

Em certa manhã de setembro, quando Barrios acordou, viu o chileno chegando pela estrada, "aqui caio e aqui me levanto". Isso nunca havia acontecido. Barrios sentiu uma grande tristeza ao vê-lo borracho. Uma tristeza e uma pena que encheram seus olhos de lágrimas.

O chileno deitou-se e dormiu. À tarde levantou-se, lavou-se e disse a Barrios:

– Vou embora, companheiro.

– O que vai fazer?

– Vou em frente. O que eu ia fazer, ficando aqui?

E foi-se.

Barrios ficou dono de tudo. Rancho, mulher e céu.

Solidão

Domínguez recém chegara da lagoa com a ração do cavalo. Ia até lá colher gramíneas de superfície e folhas de parietária dos troncos podres dos salgueiros, para dar ao seu velho cavalo, um animal sem dentes, já mui fraco e com olhos opacos de nuvens leitosas. Mas era também a única coisa viva que Domínguez tinha para ao menos ocupar-se de algo em sua vida. Depois de alimentar o cavalo, não tinha absolutamente nada para fazer. As ervas eram o único alimento que o pobre cavalo podia comer. Enfraquecia a olhos vistos e era certo que não sobreviveria ao inverno que estava começando.

Depois de dar de comer ao cavalo, Domínguez pegou a cadeira petiça, de assento de couro de vaca, e levou-a para perto da cerca de tunas. Sentou-se e começou a preparar o mate doce. Era o café da manhã.

Não tinha mais açúcar. Nos últimos dois dias seu café, seu almoço e sua janta era o mate doce sem açúcar. Ficou pensando se era o caso de procurar um sobrinho que morava no outro lado da cidade e pedir alguma coisa. Não tinha vontade de ir, pois o sobrinho, ao dar um pedaço de carne, gostava de dar também alguns conselhos. Parecia mentira, ele dizia, que Domínguez era tão velho e ainda não tinha aprendido a viver. E Domínguez tratava de "esquecer os cabelos brancos e sujeitar as mãos, para que não estalassem nas bochechas do ranhento".

Não, não queria ir. Mas dois dias sem comer dobravam a crista de qualquer um. Talvez pudesse pedir fiado no bolicho novo... Mas era capaz que o bolicheiro novo já tivesse sido alertado pelos bolicheiros velhos, com os quais Domínguez tinha várias contas penduradas. Não que fosse mau pagador. Os proventos da aposentadoria é que eram pequenos. E quando os recebia, esquecia-se das contas e ia ao centro fazer compras à vista. Além disso, nos primeiros dias do pagamento gostava de ver vinho, queijo e doce em sua mesa.

Foi então que ouviu o tambor e o clarim do circo. Um palhaço montado num elefante andava pelas ruas anunciando a função da noite. Domínguez lembrou-se de que o filho menor de Umpiérrez passara por ali com um saco de gatos – uma gata parida e seis gatinhos –, a caminho do circo.

– Que safadeza andas fazendo com esses bichos? – perguntara.

– Vou levar pro circo. Eles compram gatos, cachorros e cavalos pra alimentar as feras.

Domínguez olhou para o fundo do quintal,

onde estava o cavalo velho. Que o animal estava nas últimas não havia dúvida.

"Terei de enterrá-lo", pensou. "Tirá-lo daqui de arrasto... Pagar por esse serviço... A fiscalização sempre aparece nesses casos, o rancho está no limite urbano... Um cavalo morto é um senhor problema... Fora do limite urbano, morre e é comido pelos corvos... Mas..." E tornava a olhar para o cavalo e cada vez o achava mais magro.

Levantou-se, com a erva do mate ainda sem molhar. Aproximou-se do animal. Sobre os olhos tinha dois buracos em que cabiam duas nozes. No focinho começava a desenvolver-se um eczema fino e supurante. De noite tossia como um homem. Às vezes nem as ervas comia. Pensando bem, matando-o fazia-lhe um favor, pois era evidente que estava morrendo em pé.

Mas uma coisa é morrer porque chegou a hora ou veio a ordem daquele que manda em tudo, outra é ser morto para virar comida de bicho de circo...

*

O cavalo se encosta nele. Sempre faz assim. E quando ele dá meia-volta e caminha na direção do rancho, o animal o segue, a cabeça tocando em seus ombros, empurrando-o carinhosamente.

É o que faz agora.

*

À tardinha saiu. Tinha resolvido tudo e a resolução era esta: ia ao bolicho novo pedir fiado. Se o homem fiasse, ótimo. Se não, ia ao circo. O que podia fazer?

– Bueno – disse ao bolicheiro –, eu sou Domínguez, moro naquele rancho ali. Sou aposentado, mas neste mês ainda não recebi. Preciso gastar dois ou três pesos – e acrescentou, solene: – Se quer saber se cumpro meus compromissos, pergunte aos outros bolicheiros. Cuido mais do meu nome do que da minha roupa, e olhe que tenho fama de asseado.

Sorriu e esperou a resposta.

Mas o outro também era malandro.

– Olhe, senhor Domínguez, eu sinto muito não poder fiar, pois o senhor é um homem direito e além disso é pensionista. Simpatizo muito com os aposentados. Mas tenho um capitalzinho de apenas cem pesos. Quando eu tiver mais capital, então sim.

Saiu do bolicho.

"Quando eu tiver dinheiro", pensou, "desse não compro nada. Já se vê que é o desconfiado número um."

*

No meio daquele cheiro de pasto, urina e carne podre estavam as jaulas. Ele ia por um corredor às escuras, entre as jaulas. Percebia movimentos, gemidos, roncos, mas não enxergava nada. Somente ao parar para falar com o homem notou oito ou dez pontos azuis, como botões de luz, que sem dúvida eram os olhos dos tigres e dos leões.

– Quero vender meu cavalo. É meio grande.

– Gordo?

– Não. Velho. Cavalo velho e gordo não há. Mas é um cavalo são.

– Oito pesos – disse o outro.

Domínguez perguntou:

– Me diga uma coisa: quanto vale um couro?

– Você veio aqui pra vender um couro ou um cavalo?

– Um cavalo.

– Bueno... Se quiser pode trazer sem o couro. Oito pesos. E tem que ser hoje, porque depois de amanhã vamos embora.

– Vocês vão buscar?

– Não, tem que trazer. E tem que ser hoje.

★

Trouxe. Vinham bem devagar. Quem os visse quase não perceberia que caminhavam. Iam pela escuridão como se fossem outras escuridões que caminhassem. O cavalo trazia a cabeça encostada em seus ombros, como empurrando-o, decerto para não perder-se... Domínguez sentia aquela cabeça em suas costas como uma dor que viesse do cavalo.

Entrou. Os bichos como que enlouqueceram. Sabiam que aquilo era comida.

Entregou-o ali no corredor cheio de odores ácidos e rugidos.

– Como é que matam – perguntou.

– Com aquilo.

O homem, com a lanterna, iluminou uma enorme marreta cheia de sangue e cabelos.

– Agora?

– Sim, antes da função. Os leões são velhos. Matamos o cavalo na frente, mas não damos de comer. Quando entram na arena parecem leões jovens.

Deu-lhe os oito pesos.

Domínguez saiu andando como um bêbado pelo corredor escuro.

*

Sentia-se doente, com náuseas. Entrou no primeiro bolicho que viu, tomou duas ou três canhas, e depois de passar no mercado voltou para casa.

Noite. Ouvia os ecos da banda. Depois os rugidos e os aplausos e música outra vez. No céu a estrela de luzes do circo erguia-se como um barco ancorado.

Era muito tarde agora. Já não ouvia mais nada e tampouco via a estrela de luzes. A noite se esvaziara de repente, restando apenas ele, ao lado das tunas, esperando que amanhecesse, com o fogo apagado e um assado que não tinha comido. Não fumava, não pensava, não estava triste, não fazia nada senão estar na noite, até que se deu conta de que era uma tolice esperar o amanhecer. Não tinha nada para fazer. Já não precisava trazer ervinhas da lagoa. Nunca, nunca mais teria o que fazer. Nada, sempre o nada. E então começou a chorar.

O aniversário

Arce, o dono da festa, em matéria de dinheiro era um danado. Durante o ano inteiro explorava aqueles pobres infelizes que lhe vendiam ossos, papéis, garrafas e sucata. Durante o ano inteiro, menos no dia de seu aniversário. Nesse dia os convidava para comer e beber e se comovia com qualquer coisa. Transbordava de fraternidade e generosidade sem limites. Sentia-se um homem bom e tinha pena de todo mundo.

Já tinham – ele e os miseráveis fornecedores de seu negócio – esvaziado duas garrafas de canha e encostado o cordeiro nas brasas, quando alguém trouxe a notícia: Juancito, o filho de Dona Rosa, que morava no outro lado da cerca de tunas, tinha morrido.

A notícia os encheu de tristeza. O menino era amigo de todos eles. Sempre andava por ali, e nos aniversários de Arce costumava acompanhá-los, até que este lhe dava um bom pedaço de assado. Eram momentos em que se obrigavam a ser discretos, a medir palavras para não ferir a inocência do menino. Sentiam-se, todos eles, um pouco pais dele.

*

Um longo silêncio os distanciou da festa, até que o cego disse:

– Veja só, há tanta gente sobrando no mundo e morre esse anjinho...

Arce então se ergueu e disse:

– Vamos fazer um intervalo na festa e dar uma chegada lá, para consolar a mãe.

Mandou Luís Pedro apartar uma costela, com rim e tudo, para dar a Dona Rosa.

Luís Pedro cortou a carne, esparramou as brasas, recolheu o resto do assado e o guardou no galpão. E foram todos para o velório.

*

Aldama, que segundo dom Pedro Correa "estava meio borracho desde o ano em que apareceu o cometa", tratava de confortar a mãe:

– Se ele tinha que perder a perninha – um caminhão a quebrara em três partes –, é quase melhor que tenha morrido... Quando morre um anjinho outro anjinho nasce...

A mulher continuava chorando sem ouvi-lo, e ele, estimulado por seus próprios pensamentos, seguia monologando:

– Quando um homem morre, sabe que está morrendo. Uma coisa tão grande como um homem. Os meninos não, eles morrem sem saber...

Arce o puxou para um canto.

– Cale a boca, homem. Não vê que está deixando a coisa pior do que já é?

Mas Aldama seguia com sua lucubração cheia de angústia. Quando ele morresse, tudo estaria terminado, pois não tinha família. Era uma coisa que terminaria terminantemente...

Arce estava dizendo à mulher que precisava consolar-se. Que ela era uma pessoa boa e trabalhadora e tinha feito tudo o que podia.

– Você não tem filhos – retrucava a coitada –, não pode saber o que significava esse menino.

O cego estava na frente dela, de braços estendidos, tentando atravessar o vazio com as mãos e pousá-las na mulher. Foi quando entrou Luís Pedro com a carne.

– Tome – disse –, faça o favor.

A mulher o olhou, mas não se moveu nem fez qualquer gesto.

– Tire essa carne pra lá – mandou Arce.

O cego havia encontrado o destino de suas mãos. Tocou na cabeça da mulher, e ela a recostou no ombro dele. Agora chorava devagar e sem gemidos. Nesse momento entraram cinco ou seis mulheres e começaram a chorar aos gritos. Arce saiu. Ficava com raiva quando via alguém chorar assim.

*

Pouco depois estavam todos de volta. Consideravam que suas presenças já não eram imprescindíveis lá. Voltou o cordeiro ao fogo e tornou a passar de mão em mão a garrafa de canha.

Arce sentia necessidade de falar daquela morte tão injusta. Aldama o escutava com sua vigilante e zombeteira crueldade. Não gostava de Arce porque ele os explorava e, ao mesmo tempo, julgava-se um homem bom por convidá-los uma vez ao ano. Com fingida inocência o encurralava, induzindo-o a pensar em sua própria morte.

– Veja que coisa misteriosa – disse. – Até gente de recursos, com remédio de sete pesos o vidrinho, de repente se vai mesmo.

Arce sorvia o mate, de cabeça baixa, olhando para o chão.

– A morte é uma coisa interminável... Uma coisa que não termina nunca...

– Quem não se termina são os viventes – disse Luís Pedro.

– Não se terminam pros outros. Quando você se terminar, pra você se terminou. Experimente fazer de conta que pra você tudo se terminou... Tudinho... Não acha, Arce?

A canha parecia aclarar suas ideias, ao passo que as de Arce iam ficando obscuras.

– Bueno – disse este –, vamos parar com essa conversa fiada, vamos comer e beber à vontade. Total, estou pagando tudo mesmo...

Aldama, implacável, arrematou:

– Os aniversários, às vezes, servem pra contar os anos da velhice. Eu só festejo os dos outros. Não sei quando nasci e portanto não festejo nada.

Olhou para a garrafa quase vazia. Tomou um trago e disse:

– Pra esta aqui também sobra pouca vida...

*

Aproximaram-se da grelha pequena, onde estavam as fressuras. Sentados ali, o negro Caravia e o cego sustentavam uma discussão séria, iniciada algum tempo antes.

– A mortalidade infantil tem que existir – dizia o negro. – Se não existisse, já imaginou que calamidade?

– Cale a boca, Caravia – respondeu o cego. – Não suporto ouvir essas coisas. Não tenho nem cachorro pra não ter que chorar sua morte. Não tenho ninguém e no entanto choro por todas as mortes. Olhe esse cordeirinho assado: eu o imagino com sua lãzinha, lindo, saltitando...

– Vocês não querem mesmo me ver contente – disse Arce. – Nem parece que vieram aqui pra festejar...

– Beber, comer – cortou Aldama –, antes que a gente se veja entre as quatro velas...

Luís Pedro encheu a travessa de fressuras e voltou ao fogo grande, seguido de Arce e Aldama.

Depois de um silêncio, Caravia disse ao cego:

– Se há uma coisa que eu não gosto é velório sem vela. A luz elétrica estraga tudo. Os melhores velórios são aqueles dos desgraçados como nós, com velas de armazém.

O cego se levantou.

– Não estou com ânimo de festa, vou pro velório.

– E eu vou junto – disse Caravia.

Passaram pelos outros. Aldama disse a Arce:

– Olhe só que festa! Os homens vão pro velório.

Ninguém respondeu. Silêncio. Então Arce disse:

– Vocês pensam que eles sofrem mais do que eu? Eu gostaria de ser Dona Rosa neste momento. Gostaria de chorar por alguma coisa. O problema é que não posso.

Quem respondeu foi Luís Pedro:

– Tem gente que é assim... O cego é o contrário. Ele mesmo diz: não havendo tristeza, não consegue ficar contente.

– Sim, senhor – disse Aldama, dirigindo-se a Arce –, aí está um homem que é ele e nada mais. E é por isso que ninguém sente pena dele.

Arce tornou a beber canha. Sentia-se um desgraçado por ninguém ter pena dele e acabou pondo nos outros a culpa de ser como era.

– Eu peço, por favor, que disponham de mim. Que peçam qualquer coisa. Sou um homem generoso. Vocês não sabem como eu gostaria de ser infeliz como vocês. Pensam que me lembro que esta festa está sendo paga por mim?

Tomou mais um trago.

– Vamos parar com a festa de novo – disse. E para Luís Pedro: – Pode levar essa comida toda pra sua casa. Faz de conta que está tudo pago.

Luís Pedro começou a pôr a carne num saco. Arce estava esgotado. Dava pena vê-lo tão abatido.

– E agora? – perguntou Aldama. – O que vamos fazer?

– Vá e compre uma coroa de dez pesos. Ponha um cartão e leve pra lá. O cartão é em nome de todos. Meu dinheiro é de todos...

Aldama recebeu o dinheiro. Luís Pedro já ensacara a carne.

– Vamos? – convidou.

Partiram os dois. Arce ficou sozinho, mais sozinho do que numa solidão sem companhia.

*

Entrou no galpão onde tudo – ferro, trapos, latas – era velho, miserável, escuro e triste, e sentiu outra vez que estava só, abandonado por todos. Mais só do que aqueles que às vezes se sentiam infelizes, mas que tinham sempre outro infeliz por perto para confortá-los. Então não aguentou mais. Saiu para o quintal, contornou as tunas e voltou para o velório com a ilusão de encontrar o cego e sentar-se junto dele.

A longa viagem de prazer

Tertuliano ia dar partida no caminhão quando Aniceto chegou.

– Venho te cumprimentar – disse – e desejar que o desfrutes com saúde.

Tertuliano agradeceu os bons votos do amigo e contou, pela centésima vez, como se tornara proprietário do caminhão.

– Era o último número da rifa. O Índio insistindo e eu dizendo que não. Aí chegou o Bruno. Ele me devia um peso, que eu tinha dado por morto há muito tempo. O Índio ficou com o dinheiro e apontou meu nome. E não é que deu? A sorte é fogo. Quando ela quer, sempre dá um jeito.

– Sorte e morte escolhem seu consorte – sentenciou Aniceto.

E ali estava Tertuliano com seu caminhão. Fazia tempo que desejava ter um. Era um desses sonhos que as pessoas vão acalentando para justificar o dia a dia. E um sonho que se torna realidade é uma coisa muito linda.

Aniceto caminhava ao redor do veículo, olhando-o com curiosidade.

– Estou examinando em detalhes – comentou.
– Acho que está precisando de uma boa pintura.

Sim, Tertuliano já notara e concordou:

– Está mesmo. Vai levar duas demãos de colorado e uma bandeira em cada lado.

Já o via pintado, rodando velozmente pela estrada.

– Já pensaste? Esse louco pintadinho, andando por aí?

Aniceto fez um esforço e também o viu em sua imaginação.

– A questão – disse – é que não ponhas esse louco a correr, podes acabar de cabeça para baixo.

– Sou dos que acreditam – respondeu seriamente Tertuliano – que o melhor é uma marcha regular. Nem caracol nem andorinha. Sempre fui partidário da moderação, e se algum dia tiver uma empresa, motorista que correr eu boto na rua.

– É um favor que lhe fazes, ele é capaz de se matar.

Calaram-se um minuto, fizeram cigarros e logo Aniceto perguntou:

– Quantos caminhões *são* uma empresa?

– Se a empresa é pequena, talvez três. Se é grande, qualquer quantidade.

– Era o que eu pensava – disse Aniceto.

Seguiram conversando e Tertuliano revelou que pretendia fazer uma longa viagem, de puro prazer, para conhecer o mundo e nada mais.

– Uma longa viagem?
– Sim, talvez até Rocha.
– Rocha é longe?
– Acho que sim, pois é lá que nasce o sol.* E o sol tem que nascer longíssimo... Esta é a informação que posso te dar.

Aniceto calou-se um instante e depois perguntou humildemente:

– Não te conviria levar um ajudante?

Tertuliano considerou que um proprietário de caminhão se rebaixaria um pouco se ele mesmo tivesse de lavar o veículo, trocar a água do radiador e juntar lenha para o assado, e respondeu:

– Pode ser que te leve.

*

O caminhão, um Chevrolet 1929, não estava bem de pintura – já o sabia Tertuliano –, mas estava pior de luz. Um dos faróis fora fabricado com uma lata de óleo, o vidro preso com arame. O outro era "aquele que o Índio sempre ia botar e não botou". Os pneus estavam gastos, com as lonas à mostra. Mas o principal, o motor, funcionava cada vez melhor, "porque os motores de antigamente são melhores que os de hoje".

– De longe – confirmou Aniceto.

Tertuliano pintou seu caminhão de colorado,

---

* O Departamento de Rocha, a leste do Uruguai, tem um brasão cuja legenda é muito popular no país: *Aqui nasce o sol da pátria*. (N.T.)

com bandeiras nos costados. Pintou-as ele mesmo. Quando o caminhão estava parado, pareciam muito malpintadas, mas em movimento eram bonitas. E além disso muito estranhas.

– De que país são – tinha perguntado Aniceto.

Displicentemente, Tertuliano respondera:

– Não sei se haverá algum país com essas bandeiras.

Também comprou um farol enorme, com um aro de bronze largo, de quatro dedos – um farol francês, disseram –, e o instalou bem no meio do radiador.

Com essas melhoras, o caminhão ficou pronto.

*

Aquela foi, talvez, a mais bela madrugada do mundo. Chegaram no mercado, compraram pão, carne para assar, e partiram muito antes do nascer do sol.

Tinham rodado mais de hora quando Tertuliano anunciou:

– Vou parar.

Pararam e desceram.

– Estamos indo como manda o figurino – disse Aniceto.

– Nunca entendi essa gente que anda ligeiro – disse Tertuliano. – O bom é ir devagar, descer, fumar um cigarro e ver o que ficou para trás.

— O que ficou para trás?

— Claro, pois quem está dirigindo só vê o que está na frente. O negócio é ver tudo, e um dia te surpreendes contando pros amigos tudo aquilo que viste.

Ergueu a cabeça para ver mais longe e respirou fundo.

— Que ar! É porque vem desta quantidade de campo.

— Muito campo e nenhuma alma — disse Aniceto.

Tertuliano estava — como era lógico, pois era dono do caminhão — muito acima da ignorância do companheiro. Considerou necessário ilustrá-lo sem diminuí-lo e o tratou de "você".

— Veja bem, Aniceto, a população aí existe, você pode acreditar. Está longe, mas está aí.

Aniceto olhou para a estrada e perguntou:

— Rocha está longe?

Tertuliano sorriu piedosamente.

— Longe quer dizer longe. E perto, perto. São duas coisas diferentes. Perto quer dizer uma bobagem... e longe — pensou um pouco — quer dizer um mistério.

E para esclarecer melhor, perguntou:

— Você sabe o que é um mistério?

— Sim — disse o outro —, um mistério é uma coisa estranha... uma coisa misteriosa...

– É isso aí.

E continuaram fumando, enquanto a paisagem ia-se tornando nítida à medida que o sol subia. E foi para o sol, precisamente, que Tertuliano falou:

– Dentro de dois ou três dias vamos te ver nascer, tigre velho!

*

Chegaram na cidade. Andaram por algumas ruas e pararam numa praça. Sentaram-se num banco para trocar impressões.

– Considero – disse Tertuliano – que esta é uma cidade que está progredindo, mas te confesso que nada me chamou a atenção.

– E eu só posso concordar – respondeu o outro. – O que viste foi o mesmo que eu vi.

– Antigamente – seguiu Tertuliano –, as cidades não progrediam, era o que dizia meu pai. Todas eram pequenas e as ruas um barral medonho.

– Vai ver que era porque havia muita ignorância. Não achas?

– Pode ser, sim, que tenhas razão.

Passaram a noite numa pensão barata e muito antes da aurora partiram para o Chuy, tomando a estrada que, segundo Tertuliano, terminava justamente "onde terminava o país e começava o Brasil".

Já perto do fim do caminho encontraram um policial, certamente despertado pelo ruído do caminhão.

– Alto – gritou-lhes.

Eles não ouviram e mantiveram a marcha. O homem correu e tornou a gritar quase no rosto de Tertuliano.

– Parem ou mando bala.

Tertuliano freou o caminhão.

– Pra onde vão e o que levam aí?

– Pra cá mesmo e não trazemos nada – respondeu Tertuliano.

– E o que vêm fazer aqui?

– Ver nascer o sol.

E Aniceto, inocentemente:

– O senhor poderia nos informar onde é mesmo que ele nasce?

– Na delegacia – disse o policial. – Desçam e me sigam.

Mas, pensando que era perigoso ter dois contrabandistas às suas costas, modificou a ordem:

– Desçam e sigam na minha frente.

*

Tiveram de esperar o delegado para que revistasse o caminhão e os interrogasse. Só no meio da manhã terminou a investigação e eles foram liberados.

*

Na rua, consideraram a situação. Ficariam mais um dia e uma noite esperando ali, sem conhecer ninguém, sem ter com que se distrair? Justamente ali, onde tinham sido afrontados?

– Não – disse Tertuliano –, o sol que me desculpe. Por mim que ele nasça onde quiser, eu não espero.

*

Já estavam em casa. Acabavam de aquentar a água para o mate.

– *Hermano* – disse Aniceto –, fizemos uma linda viagem, mas vimos pouca coisa, não achas?

– Não. As viagens só começam depois que a gente volta. Te digo isso eu, que uma vez fui a Montevidéu e só voltando, quando comecei a contar tudo pros outros, me dei conta de que aquilo que eu tinha visto era uma coisa bárbara!

O viúvo

Ao terminar um sulco e começar outro, de frente para o nascente, Arbelo olhava com insistência para o rancho. Primeiro via uma mancha apertada pela luz leitosa do amanhecer. Depois o chiqueiro dos porcos e as árvores que pareciam sem tronco. Até que, por fim, via os filhos, que vinham de mãos dadas. O menor, Laurencito, equilibrando-se entre os sulcos para não cair. Eram meninos, mas usavam saias como se fossem meninas.

Arbelo cravava a relha na terra e ia ao encontro deles.

*

Levantava-se às quatro. Ordenhava as vacas, jungia os bois e partia. Os meninos levantavam-se ao amanhecer. O maior, de sete anos, vestia o irmão, que tinha apenas três, e saíam em busca do pai.

Já no rancho, os três. Arbelo fazia o fogo e fervia o leite. Tomavam café e iam para o campo.

*

No campo, os meninos ficavam sob uma árvore, calados, olhando o ir e vir dos bois. Às vezes se entretinham procurando uma pedra ou ensartando piõezinhos de eucalipto num arame. Vendo-os, Arbelo sentia uma tristeza profunda. Sempre estava triste, Arbelo, porque os meninos viviam calados, o rancho sem fumaça e no jardinzinho iam morrendo as plantas. Já não se viam mais as manchas vermelhas dos gerânios que ao amanhecer, quando ele arava, pareciam vir em sua direção, correndo pela terra negra. Já fazia tempo que o campo estava diferente.

*

Depois de soltar os bois tinha de cozinhar, lavar as panelas. Em seguida ia lavar sua própria roupa e a dos filhos. Terminando, deitava-se um pouco. E de novo jungir e adiante desjungir e fazer a janta e lavar as panelas e deitar os filhos. E eles calados, seguindo com os olhos seus passos pelo rancho.

Laurencito não dormia em seguida. O irmão o assistia, e quando, finalmente, via-o adormecido, passava por cima dele e ia para seu próprio catre. Arbelo se comovia com essa proteção do maiorzinho, e fumava e fumava. Talvez até chorasse.

Entrava no rancho e estendia num banco as saias dos meninos, alisando-as com o dorso da mão, como fazia a finada. Examinava o rosto deles à luz da um fósforo e deitava-se. E a morta, nesses momentos, sempre vinha à sua lembrança.

Quando os meninos ficavam sós, Arbelo costumava pensar que ela estava presente, cuidando.

Sentia que, com o tempo, sua vida se transformava. Já não frequentava o bolicho nos domingos para prosear com os vizinhos. Não podia deixar os guris sozinhos e mesmo estava perdendo o gosto. Domingo era o dia em que a ausência da finada mais lhe esvaziava a vida.

*

Pôs o luto nos meninos e também se vestiu de preto. Bombacha preta, blusa de merino preta, lenço preto. Atrelou o cavalo no *sulky** e partiu para a casa de Sofilda. Não sabia coser nem cerzir e a roupa dos filhos já andava desfeita em farrapos.

Sofilda morava a meia légua dali, sozinha, numa terrinha que herdara dos pais. Tinha sido como uma irmã para a finada. Era uma mulher limpa, de bom coração e um comportamento que dava gosto. Só saía de casa para fazer companhia a um doente ou rezar num velório.

*

Os meninos estavam sentados à beira da estrada, olhando quem passava para as pencas no bolicho de Borges. Arbelo esperava a volta de Sofilda, que aprontava o mate na cozinha.

---

* Do inglês: carro de duas rodas. (N.T.)

Compreendia ela que, desta vez, a visita tinha um porquê. Ele entrara, agarrara um banco e dissera aos meninos: "Vão sentar lá fora e fiquem lá até eu chamar".

Veio com o mate. Ele pegou a cuia e, depois de um silêncio, como dando-se uma ordem, começou:

– Trouxe os trapinhos... Estou me vendo louco... Cozinho, lavo, tiro leite... e os pobrezinhos solitos, como arvorezinhas... Não aguento mais...

Cabeça baixa, olhos no chão, sua voz parecia vir de umas lonjuras sem gente, sem animais, sem árvores. E ela parada na frente dele, vendo-o daquele jeito, e mais o lenço preto, a blusa preta, quietos como roupa abandonada. Até que disse, quase chorando:

– Não fala, Arbelo, não fala...

– Não aguento mais... O que vou fazer sozinho com esses inocentes?

Apareceu Laurencito e meteu-se de costas entre as pernas do pai. Não falaram mais. Ela ia e vinha com o mate.

*

Foi uma noite bárbara. Passou-a em claro e fumou duas caixas de tabaco. Ao amanhecer foi sozinho à casa de Sofilda.

Regressou no meio da manhã. Os meninos, sentados na frente do rancho, viram-no chegar a galope. Trazia caramelos, bolinhos e dois lencinhos rosados de pescoço.

*

Agora estava preocupado com o luto, fazia apenas oito meses que a finada estava debaixo da terra. Foi de novo procurar Sofilda.

– Vê bem, Sofilda, é uma heresia tirar o luto tão cedo... Não achas?

Ela achava que o luto era sagrado.

– É o certo, é o certo – dizia ele. – Me tiras um peso da consciência.

*

Primeiro desceu ele do *sulky*. Camisa preta, lenço preto, bombacha preta. Depois ela, com o vestido gris que usava em velórios e visitas. Antes de entrar na sala do juiz, comprou para os meninos bolachinhas e casquinhas da sorte.* Eles estavam de preto e pela primeira vez de calças, como homenzinhos. E ficaram ali os dois, quietinhos e felizes, esperando.

---

* No original, *cartuchos de suerte*, casquinhas de massa de biscoito, adquiridas do vendedor ambulante através de apostas feitas na pequena roleta que ele transportava. (N.T.)

A viagem até o mar

Embora tivessem combinado partir às quatro, Rataplã chegou às três. Era o primeiro a chegar. No café estava um único homem, sentado ao lado da porta. Rataplã não o conhecia, o que significava que não era da cidade.

– Bom dia – cumprimentou.

– Bueno – respondeu o outro, e empurrou um banco para o recém-chegado, como se o conhecesse ou estivesse à sua espera. Em seguida acrescentou: – Madrugou, hem?

– É, a gente está de viagem pra praia.

– Qual delas?

– Ué, tem mais de uma?

– Bah, muitíssimas. Nunca viu no mapa?

– Não, senhor, nunca vi.

– Pois há muitíssimas.

– Veja só... Não conhecemos o mar e Rodríguez vai nos levar.

Nesse momento chegaram o rengo Dezessete, com seu cachorro, e o Sombrio, um homem magro, pálido, com uma barba negríssima de oito dias e que era empregado de um forno de tijolos. Sentaram-se com Rataplã e o desconhecido. Pediram canha e num minuto estavam participando familiarmente da conversa.

O desconhecido contava anedotas de gagos, fazendo-os dar gargalhadas, e foi Rataplã, afinal, quem lhe pediu:

– Não conte mais, por favor. Guarde alguma pra contar na praia.

Dezessete de vez em quando espiava a rua, nervoso com o atraso dos outros excursionistas.

Rodríguez e o vasco Arriola chegaram quando era dia claro. Rodríguez, que era o dono e o motorista do caminhão, deixou o motor ligado e veio juntar-se à rodinha. O desconhecido, vendo que Arriola permanecia na boleia, aproximou-se.

– Desça, tome um trago e depois vamos.

– Vai ser um dia fodido de quente – disse o Sombrio.

– É – reforçou Rodríguez –, vamos derreter.

Com dificuldade, pois já estavam tapados de canha, os que esperavam no café subiram no caminhão. Rodríguez e Arriola embarcaram. E partiram.

*

O caminhão, um velho Ford de bigodes, era um daqueles veículos que, em marcha, dão a impressão de andar meio de lado. Tinha nas rodas um balanço de dentro para fora que parecia comunicar-se com o motor e suas explosões fora de ritmo. Ou decerto era o motor que, por um milagre da mecânica, imprimia às rodas aquele movimento. Na traseira, em lugar do toldo, havia uma tela de arame, pois Rodríguez o usava para transportar galinhas.

Ao lado de Rodríguez – o piloto, claro – ia o vasco.

*

Rodríguez tinha paixão pelo mar. Valia-se de qualquer pretexto para vê-lo. Não era pescador e tampouco apreciava banhar-se nas praias. Gostava do mar só para sentar-se à beira d'água e ficar olhando, fumando em silêncio, vendo nascer e morrer as ondas num calado gozo.

Dezessete era um velho vendedor de bilhetes de loteria. Toda a sua família se resumia num *foxterrier* ao qual dera o nome de Aquino, o último *cuatrero**, em homenagem ao próprio e também porque o cão não podia ver polícia. Era só aparecer um guarda-civil e ele fugia, latindo, em sinal de protesto. Dezessete gostava disso e comentava que essa aversão Aquino "puxara dele". Estava convicto de que o cão era "um animal fino, pois tinha focinho preto e era rabão de nascimento", o que indicava uma garantida aristocracia canina.

---
* Referência a Martín Aquino, célebre fora da lei oriental. *Cuatrero* é ladrão de gado. (N.T.)

Rataplã tinha sido lixeiro e agora estava aposentado. Era surdo de um ouvido e lhe faltavam dois dedos da mão esquerda. Perdera-os ainda mocinho, na máquina de alambrar. Ao contrário de Dezessete e seu cachorro, teria sido feliz como soldado. O apelido vinha de seu costume de seguir o batalhão pelas ruas da cidade, repetindo em voz baixa o som do tambor.

O vasco Juan era um homem calado. Quando não havia trabalho no forno, ele acompanhava Rodríguez em suas viagens às chácaras. Ao embriagar-se – coisa que só acontecia de vez em quando –, costumava blasfemar e proferir insultos a um desconhecido. Ninguém sabia de onde tinha vindo. Os do grupo supunham que esses insultos eram dirigidos a alguém que ele conhecera antes, sabe-se lá onde, pois nunca lhe perguntaram. Sabiam que não existe nada mais simplesmente complicado do que um vasco. E que só um vasco, apesar do álcool, é capaz de guardar um segredo e ser enterrado com ele.

*

Já com sol alto tomaram a estrada da serra que termina em Pan de Azúcar. Rataplã lembrou-se das excursões que fazem os estudantes e propôs que cantassem qualquer coisa. Ninguém conhecia canção alguma, só o desconhecido, que sabia muitas, todas incompreensíveis para eles. Coincidiram, por fim, em "Mi bandera". Rataplã, apesar de sua meia surdez, era quem marcava o compasso com a mão e o único que cantava. Os outros só larilareavam e o desconhecido imitava um trombone. Quando este fazia uma variação, os outros riam estrepitosamente, interrompendo o canto.

Num trecho plano da estrada Rodríguez parou o caminhão.

– Isso aí está um saco de gatos – disse. Acendeu um cigarro, deu uns pontapés nos pneus e perguntou: – Pra que essa cantoria, se não há ninguém pra ouvir?

– A gente está cantando como os estudantes, quando eles saem por aí.

– Mas eles cantam na rua e todo mundo ouve – insistiu Rodríguez.

Então o desconhecido disse:

– Cantamos pra nós mesmos... Por cantar... Às vezes estou sozinho e canto.

Rodríguez achou que o homem era um tanto estranho e só então perguntou-se o que ele estaria fazendo ali, junto com os outros, a caminho da praia. Ao reiniciar a viagem, indagou do vasco. Este encolheu os ombros.

– Eles é que sabem. Eu vim contigo.
– Eles? E o caminhão por acaso é deles?
– Pois é.

*

O caminhão rodava. Ia alto o sol. Ouvia-se agora só a voz do desconhecido, ele entoava uma canção numa língua estranha, num ritmo lento e triste. Os demais, abatidos pelo sol e pela canha, cabeceavam, sonolentos.

A estrada subia, ondulante, sinuosa. Reverberava o sol. Uma araponga, com seus gritos, rasgava a solidão, e certos ruídos de élitros davam a esta uma dureza febril e ressequida. Às vezes pulsava em ardente distância o canto da cigarra. Alguns pés de *sombra de toro* se achaparravam nos flancos do caminho, que descendiam eriçados de pedra moura e tunas *cabeza de negro*. Muito longe, no fim da estrada coxilha abaixo, espelhava uma pequena superfície azulada, presença de uma sanga que em seguida desaparecia sob uma malha de agrião e espadanas, deixando no pasto resseco e sulfuroso, como sinal de sua passagem, um rastro verde-escuro, sumarento e tranquilizador.

Chegaram a um lugar onde costumavam acampar os carreteiros. Uma dúzia de árvores dava sombra a restos de fogo juncados de ossos.

Rodríguez parou de novo o caminhão. Pela tampa do radiador subia uma nuvem de vapor.

– Me alcança o garrafão – mandou Arriola.

Sombrio obedeceu. O vasco sacudiu o garrafão, estava quase vazio.

– Não tem quase nada – disse, entregando-o a Rodríguez.

– Não é possível – exclamou este, indignado. – Como podem ser tão degenerados?

Desembarcou e apontou para os homens.

– Devia baixar vocês daí a patadas, seus irresponsáveis!

Calou-se um instante e deu com os olhos no desconhecido.

– E tu? Quem te convidou?

– Os senhores aqui – disse o homem. – E eu não tomei nem uma gota.

Rodríguez esvaziou o garrafão no radiador.

– Dá manivela – ordenou ao vasco.

Este deu duas ou três voltas na ferramenta, mas o motor não pegou. Tentou mais uma vez e nada. Rodríguez, fora de si, gesticulou para o grupo.

– Desçam daí, seus plastas!

Um por um eles iam recebendo a manivela e tentando. Depois de um esforço que os deixava rubros, iam subindo novamente, um por um, no caminhão.

O vasco retomou a manivela. Deu umas vinte voltas seguidas e Rodríguez o fez parar.

– Chega, chega! Não vê que pode estragar?

Levantou o capô. O vasco, inocentemente, e talvez lembrando-se de alguma frase ouvida em circunstâncias semelhantes, perguntou a Rodríguez:

– Será que não está frio?

– Frio está o cu da mãe!

O pobre vasco sentou-se humildemente no chão. Rodríguez pôs-se a examinar o motor, tocando aqui e ali. Apertou parafusos, desligou e tornou a ligar cabos e fios, e nada dava certo.

O desconhecido se ofereceu:

– Posso tentar?

Depois de mexer numa peça, dirigiu-se ao vasco:

– Pode fazer o favor?

O vasco deu uma manivelada e o motor começou a funcionar. O rengo, Sombrio e Rataplã bateram palmas. A viagem prosseguiu.

*

Seriam onze, talvez doze, e Rodríguez percebeu que o radiador estava seco. Não saía nenhum vapor. De resto, já não podia suportar nos pés o calor que vinha ali da frente.

– Temos que achar água – disse –, assim não dá pra continuar.

A estrada seguia pelo lombo da coxilha, cuja inclinação de descida era leve e extensa. Lá embaixo, quase apagadas e como cicatrizes da luz brutal, viam-se as manchas verdes que anunciavam o nascimento de vertentes.

Rataplã, trepado num caixote, olhava para lá.

– Tá brabo de baixar e subir com água.

– Culpa de vocês, seus cretinos – disse Rodríguez.

– Bueno, vamos tentar continuar, devagarinho.

O sol subia ao seu pico, implacável, enquanto a garrafa de canha ia baixando até seu fundo, não menos implacavelmente. O cachorro, deitado no meio da carroceria, ofegava em ritmo crescente. Rataplã comentou:

– Periga dar um ataque de raiva nesse infeliz.

O desconhecido o tranquilizou:

– Não tenha medo. Enquanto a língua está úmida, não tem problema algum.

O rengo sorriu, agradecido.

*

Na sombra de uns canelões, à beira do caminho, estava acampado um carreteiro. Tinha feito o fogo e agora preparava o mate. Os bois desciam vagarosamente pelo declive áspero, buscando as aguadas perdidas do espadanal lá embaixo.

O carreteiro, de cócoras, parecia não ter visto ou ouvido a chegada dos excursionistas. Rodríguez desceu e aproximou-se.

– Bom dia, amigo.

O outro moveu a cabeça. Se chegou a dizer algo, Rodríguez não ouviu.

– Tem água por aqui?

– Atrás – respondeu o homem.

Rodríguez olhou para todos os lados.

– Não estou vendo.

O carreteiro levantou-se, andou uns passos, desviou-se dos espinhos de um galho e, apontando para a fenda de uma rocha coroada por um espinilho retorcido, resmungou:

– Ali.

A água jorrava da fenda e caía numa pequena fossa que transbordava. Rodríguez deu meia-volta e correu para o caminhão.

– Desçam! Desçam! Tem água aos baldes!

Beberam todos. Depois bebeu o cachorro. Depois ainda refrescaram cabeça e pescoço, às gargalhadas, e por fim começaram a encher o garrafão, esvaziando-o uma, duas, três vezes no radiador, até que esfriou completamente.

– Todos a bordo – comandou Rodríguez.

Já na carroceria, Sombrio sentiu um odor desagradável. Perguntou ao desconhecido:

– Não está sentindo um cheiro brabo?

– Estou mesmo. E já faz tempo.

Interveio Rataplã:

– É a carne. Fede que chega a doer.

Dezessete resolveu dar uma explicação:

– É que a carne, quando fede, fede.

*

Tinham andado meia hora quando avistaram a mancha negra, pregada no espaço dourado e brilhante como um remendo. Soprava uma brisa de lá.

– Lá está ele – disse Rodríguez.

Os de trás iniciaram nova cantoria. Iam recostados nas grades do caminhão. Apenas o desconhecido, tocando seu trombone e fazendo variações engraçadas, mantinha-se em pé.

*

Agora sim, tinham chegado. Pararam na orla de um matinho de pinheiros e eucaliptos.

– Passamos o diabo – comentou Rodríguez –, mas agora vocês vão ver o que é o mar.

Tirou o casaco e a camisa e jogou-os no chão. Encheu o peito coberto de suor e tornou:

– Isso sim que é vida – e olhava amorosamente para o mar. – Não é uma beleza?

O último a descer foi Dezessete, carregando o cachorro. E este, mal tocou o chão, ergueu de golpe a cabeça e iniciou uma desabalada carreira na direção do mar. Dezessete ficou olhando, apatetado, mas quando se deu conta do porquê da correria saiu gritando atrás:

– Não toma que é salgada! Não toma que é salgada!

Entre um tombo e outro o rengo levantava nuvens de areia com sua corrida desparelha. Caía e continuava gritando, até que desapareceu atrás das dunas. Os outros davam gargalhadas. Rodríguez, já dono feliz daquela imensidão, chorava de rir.

– Ai, meu Deus – gemia –, isto é demais, isto é demais.

Depois foram todos à cacimba para refrescar-se e trazer água.

*

Já ardia o fogo e o vasco lavava pela quinta vez a carne decomposta. Viram chegar o rengo com o cachorro nos braços. O animal estava inchado, a barriga como um odre a ponto de rebentar.

– Parece um cachorro de borracha – disse o desconhecido.

– Ele veio pra aprender a nadar? – perguntou Rodríguez.

Puseram-se a rir outra vez. O rengo, preocupado, olhava para o cachorro deitado aos seus pés.

– Não se assuste – tornou o desconhecido. – A água salgada não mata, é só um purgante.

*

Pouco mais tarde chegou um homem do lugar. Montado num cavalo areeiro, de cascos como pratos, vinha oferecer-se para o caso de precisarem qualquer coisa. Mandaram-no buscar canha e vinho no bolicho. Todos se sentiam felizes. Estavam em paz. E gozavam daquela brisa que, depois da viagem acidentada e calorosa, era uma delícia. Tirante uma discussão entre Dezessete e Sombrio, que sustentava que a guerra de 1904 tinha começado depois da de 1914 – discussão que Dezessete deu por encerrada ao reconhecer, generosamente, que o outro tinha razão –, tudo corria maravilhosamente bem.

Tinham almoçado. Tinham sesteado. Tomaram mate e se refrescaram na cacimba. Conversaram. Fizeram outro mate. Rodríguez, depois de falar muito sobre o mar, foi até a beira d'água. Ficou ali parado, absorto. Fumava em silêncio, contemplando a remota distância, seguindo o voo das gaivotas e vendo nascer e morrer as ondas intermináveis.

Os amigos o viam ali sentado, quieto, sozinho de frente para o mar e para a tarde que expirava.

– O que ele está fazendo? – perguntou Dezessete.

– Olhando pro mar – disse o desconhecido.

– Sim, mas a gente olha uma vez e chega – arrematou Rataplã.

*

Como seus amigos não se aproximavam – os que tinham vindo para conhecer o mar –, Rodríguez foi buscá-los.

– Vamos – disse. – Vocês vieram comigo só pra ver o mar e ficam aí debaixo das árvores... Árvore tem em tudo que é lugar.

Os outros não disseram nada e saíram atrás dele, calados e pacientes.

– O mar – dizia Rodríguez – é uma coisa soberba e bárbara... Pra mim o mar é um mistério que não tem explicação.

Os outros continuaram calados, tentando descobrir a que conclusões queria chegar Rodríguez, tentando descobrir também por que ele os trouxera para ver o mar. Verdade que nunca o tinham visto, mas qualquer um podia compreender, mesmo sem vê-lo, que o mar é o mar.

*

Estavam já diante daquela coisa soberba, bárbara e misteriosa – segundo Rodríguez –, esperando, calados, cada qual pela voz do outro.

– Que tal – perguntou Rodríguez a Dezessete.

– Pois... é pura água, não? Mais ou menos como a terra, que é terra... só que é água.

Rodríguez sentiu raiva e desilusão. Então aquilo era uma resposta? O mar e ele acaso a mereciam?

– Mas se é água, o que vou te dizer? Que é terra? – tornou Dezessete.

O vasco estava agachado. Erguia e deixava cair punhados de areia. Rodríguez perguntou-lhe:

– E tu, que achas?

O vasco o olhou como se ele tivesse falado em inglês.

– Do quê?

– *Do quê?* Do que pode ser? Do mar!

O vasco respondeu mansamente:

– O mar? O que ele tem de mais bonito é a areia. Não parece areia e é areia.

Rodríguez balançou a cabeça, desconsolado, e com os olhos interrogou Sombrio.

– Que mundo d'água – disse este. – O que não consigo descobrir é pra onde corre.

Rodríguez aproximou-se de Rataplã:

– E tu, Rataplã? É grande ou não é grande tudo isso?

– É – disse o outro, e repetiu: – É sim. Mas não tem navio. E pra mim, mar sem navio é como campo sem árvore. Sabe como é? Se alguém vai pintar um campo e não bota ali um rancho e uma árvore... aquilo não representa nada.

Já era alguma coisa. Rodríguez achou que valia a pena dar algumas explicações sobre o mar para aquele desgraçado que de mar não sabia nada.

– Olha, os navios passam pelo canal, mais ou menos a duas léguas daqui. Vai ver agora mesmo está passando algum.

Rataplã ergueu-se na ponta dos pés e procurou na direção indicada por Rodríguez.

– Não vejo nada.

– Não vês porque a terra é redonda...

Dispunha-se a continuar quando Rataplã perguntou:

– E a água é redonda também?

Rodríguez não aguentou mais. Deu meia-volta e saiu andando na direção do acampamento. Ia pensando: "Que Deus me castigue se um dia eu trouxer de novo animais como esses pra conhecer o mar".

ANEXOS

Cronologia

1899
Nasce Juan José Morosoli em Minas, departamento de Lavalleja, a 19 de janeiro. É registrado no dia 25 por María Porrini, uruguaia de vinte anos, casada com Juan Morosoli, suíço, pedreiro.

1907-09
Frequenta a Escola Artigas, em Minas. No livro de matrículas do educandário, consta que, dois anos depois, abandona os estudos para começar a trabalhar.

1909
Em agosto, obtém o primeiro prêmio escolar em concurso sobre o tema "O juramento da Constituição", o que lhe vale a indicação como membro da delegação oficial de Minas que viaja para assistir à inauguração do porto de Montevidéu.

1920-29
Depois de trabalhar como mandalete e atendente de uma livraria e bazar de um tio materno, instala um pequeno café na rua 25 de Mayo, entre 18 de Julio e Beltrán, em Minas. Pouco depois inaugura o Café Suizo e, em 1923, em sociedade, adquire

um armazém e depósito de mercadorias, situado na mesma 18 de Julio, esquina com Florencio Sánchez. Em 1929, fica sozinho à frente do negócio, que pouco antes de sua morte será transformado em sociedade anônima.

1923

Inicia-se no jornalismo com o pseudônimo de Pepe, colaborando em *El Departamento*, e logo passa a colaborar também, esporadicamente, em publicações como a *Revista Nacional*, *Mundo Uruguayo*, *Revista de Minas*, o suplemento de *El Día* e o semanário *Marcha*.

1923-28

Com Julio Casas Araújo, escreve três peças teatrais: *Poblana*, representada no Teatro Escudero, em Minas, em dezembro de 1923, pela companhia de Carlos Brussa, com direção de Angel Curotto, e que no ano seguinte é encenada em Montevidéu; *La mala semilla*, representada em abril de 1925 pela mesma companhia, e *El vaso de sombras*, estreada em 30 de março de 1926 pela companhia de Rosita Arrieta, com direção de Angel Curotto, no Teatro Lavalleja, em Minas. Dois anos depois, esta última é representada na temporada oficial da Casa del Arte.

1925

Publica-se a obra coletiva de poemas *Bajo la misma sombra*, em que aparece "Balbuceos", de Morosoli.

1928

Los juegos, volume de poemas.

1929

Em 18 de maio, casa-se com Luisa Lupi.

1932

Primeira edição de *Hombres*, contos.

1936

Primeira edição de *Los albañiles de Los Tapes*, novela.

1942

Segunda edição de *Hombres*, com prólogo de Paco Espínola.

1944

Primeira edição de *Hombres y mujeres*, contos.

1947

Primeira edição de *Perico*, contos para jovens.

1950

Primeira edição de *Muchachos*, novela.

1953

Primeira edição de *Vivientes*, contos.

1957

Domingo, 29 de dezembro: morre Juan José Morosoli.

1959

Primeira edição de *Tierra y tiempo*, livro que, pouco antes de morrer, entregara a uma editora argentina.

No mesmo ano, ganha o Prêmio Nacional de Literatura, que pela primeira vez é outorgado a um escritor já falecido.

1961
O Departamento de Publicações da Universidade da República edita *Los albañiles de Los Tapes y otros cuentos*, antologia organizada e prefaciada por Arturo S. Visca.

1962
Ediciones de la Banda Oriental reúne, sob o título de *El viaje hacia el mar*, contos que Morosoli deixara inéditos.

1964
Banda Oriental edita *Cuentos escogidos*, incluindo dois relatos até então inéditos em livro.

1971
Banda Oriental edita *La soledad y la creación literaria*, coligindo os principais ensaios de Morosoli e uma seleção de crônicas jornalísticas.

1991
Primeira edição brasileira de *A longa viagem de prazer*, contos selecionados e traduzidos por Sergio Faraco, com prólogo de Heber Raviolo, crítico literário, ensaísta e editor uruguaio.

Posfácio

Pablo Rocca*

Certo dia, em sua juventude, Morosoli ouviu uma frase que o iluminou: "Se você quer ser escritor, tem de experimentar outros caminhos". E abandonou suas efervescências poéticas para dedicar-se às narrativas. Somente assim, diz ele, haveria de reconhecer-se como "*escritor social, el que muestra la verdad*". Pois para Morosoli "*el cuento es una experiencia referida y no otra cosa*", enquanto o poema pode exprimir tão só "*una abstracción*".** Ser um escritor social, para Morosoli, significa investigar nessas criaturas com as quais convive, e conhece a fundo, tudo aquilo que remete à aventura humana.

O Uruguai dos anos 20 em que fez sua formação, de generosas conquistas sociais e educacionais, de uma classe média estável no meio urbano, *não* repercute na obra de Morosoli. Ao contrário, essa ilha de prosperidade ignora os moradores pobres ou radicalmente incrustados no âmbito rural, substituindo-os pelo vazio, pelo campo despovoado.

---

* Crítico literário, ensaísta e professor titular de Literatura Uruguaia na Universidade da República, em Montevidéu. (N.E.)
** *Cómo escribo mis cuentos*, c.1945.

Não surpreende, portanto, que a solidão e a morte silenciosa sejam as variáveis mais presentes em seus contos. Contudo, para ser um escritor social, novo e verdadeiro, ele precisava descartar três opções que, por volta do ano 30, cristalizavam-se na narrativa rio-platense:

1. O destino épico do *criollo*, segundo o modelo novelístico de Eduardo Acevedo Díaz;

2. A crua sociologia que mostra as arbitrariedades do chefe político ou revolucionário, à maneira de Javier de Viana no conto "Facundo imperial";

3. A idealização do habitante rural, que pode ser reconhecida desde Alejandro Magariños Cervantes até o próprio Juan Mario Magallanes.

Ele poderia ter sido cooptado pelo realismo socialista, que chegou à margem oriental do Prata no fim da década de 40 com alguns relatos de Asdrúbal Jiménez, Alfredo D. Gravina e, inclusive, o romance *La victoria no viene sola*, de Enrique Amorim. Mas a esta última oferta estética Morosoli respondeu de modo cortante, declarando que "*tan ridículo como presentar por verdadero el cuadro de la estancia cimarrona es crear el falso problema de una lucha de clases campesinas*".* Os próprios títulos de seus livros e contos, conquanto sempre sucintos, evidenciam a dupla dimensão que nega as simplificações e abrange, ao mesmo tempo, problemas

---

* *La novela nacional y alguno de sus problemas actuales*, 1953.

técnicos e toda uma visão antropológica. Por um lado, títulos de livros como *Hombres*, *Hombres y mujeres* e *Vivientes* aludem a uma genérica condição humana e não apenas a uma patética circunstância provinciana. Em outros casos, os títulos de contos indicam que o relato focaliza justamente esses protagonistas de vidas nada heroicas ("Cirilo", "Tomás", "Hernández", "Ramos", "Pablito" etc.). O sujeito concentra essa dupla dimensão: sua particularidade subjetiva e também uma ou mais variações das vicissitudes de que padece qualquer um, esteja onde estiver.

Em vários de seus artigos, Morosoli insistiu na função "documental" de seus contos, na necessidade de que a arte recuperasse as coisas e as pessoas que, face aos avanços da nova ordem, iam ficando para trás. Daí que o escritor veja a si próprio como um *revelador* e nem tanto como um intérprete dos despossuídos e encurralados pelas mudanças de valores e práticas econômicas:

> *Cuando* [passei a escrever] *comencé por revelar figuras en las que había reparado. [...] La muchedumbre que vegeta en los bordes de los pueblos – resaca de ellos y desechos del campo – no tenía aún su revelador.**

Essas criaturas também faziam parte do país que crescera orgulhosamente nas primeiras duas

---

* *Cómo escribo mis cuentos.*

décadas do século XX e que, no centro da crise – considerando-se que o primeiro livro é de 1932, em plena ebulição do capitalismo –, tritura os preteridos do campo, deixa-os sem voz e sem porta-voz. Por isso, eles são incorporados a um vasto projeto nacionalista que motivou outros olhares confluentes, como o de Justino Zavala Muniz sobre o trabalhador rural da fronteira norte com o Brasil, que fica sem a proteção do caudilho (em *Crónica de un crimen*, 1926), ou o dos *criollos* velhos e céticos sobre a lisura do processo eleitoral (como no conto "La primera elección", de Yamandú Rodríguez). Como os mencionados ou como Espínola nos contos de *Raza ciega* (1926), também Morosoli quis *fazer* literatura nacional. De fato, em meados da década de 20, um grupo considerável de artistas locais* entendeu que "o nacional" se relacionava com a campanha e seu apêndice, o *pueblo* e o rancherio. Foi então que Morosoli começou a crescer: o campo já não era aquele que Acevedo Díaz, Javier de Viana ou Carlos Reyles tinham conhecido e recriado em suas ficções. A paz que imperara desde a última insurreição de Aparicio Saravia, em 1904, apagara os últimos vestígios do gaúcho, e a estância-empresa transformara o gaudério e o soldado das "patriadas" em mão de obra útil, isso quando não os confinara em miseráveis rancherios. O país

---

* Além dos citados, o músico Eduardo Fabini, o escultor José Belloni, os pintores Pedro Figari, Carmelo de Arzadun e José Cúneo.

gaúcho e "bárbaro" pouco a pouco se civilizara e se "agringara".

Os narradores pós-gauchescos uruguaios foram resistentes às transformações estéticas que se operavam no mundo. Inicialmente, nenhum deles tentou aproveitar a fundo as novas imagens e tampouco "desgauchizar" a linguagem, como na vizinha Buenos Aires fizera Ricardo Güiraldes em *Don Segundo Sombra* (1926). Com diversos matizes, todos seguiram confiando no realismo, preocupados com o destino do *criollo*, com a mimetização de seus registros de fala e seu lugar na nova ordem rural. A rigor, era uma forma de resistência conservadora diante da pressão da vanguarda, que transformava as regras da arte e, sobretudo, questionava as estratégias tradicionais de representação. Dir-se-ia que era um caminho cego, sobejamente nostálgico, a defrontar-se com realidades que acabariam por enclausurar o universo de personagens, costumes e tradições.

As épocas de transição e de crise sempre geram múltiplos desconcertos, mas também propiciam soluções que contornam o obstáculo da confusão. Se na poesia de extração *criolla* Fernán Silva Valdés e Pedro Leandro Ipuche hibridizaram o tradicional com o novo (sobretudo do ponto de vista formal), na prosa vernácula não houve maiores rupturas com o passado imediato, exceto no plano histórico ou político. Na literatura de Morosoli, talvez o principal renovador, os modos estabelecidos de verossimilhança foram questionados por uma prosa seca, em que são frequentes pronunciadas pausas entre uma sequência e outra, diálogos lacônicos, uso de estilo indireto livre e uma geral austeridade para referir os acontecimentos. Não são dispositivos meramente formais. São, antes, instrumentos com os quais consegue a dicção exata e, não raro, peças magistrais do conto breve, como "Pablito", "Siete pelos" ou "Dos viejos". Para narrar essa vida agônica, as modalidades realistas ainda eram imprescindíveis. Em parte, isso explicaria, do ponto de vista comparativo, o escasso número de narradores urbanos no Uruguai de Morosoli, assim como a reduzida presença de narrações filo-fantásticas, que têm seu representante solitário em Felisberto Hernández, enquanto em Buenos Aires a lista é generosa nas duas vertentes (Roberto Arlt, Roberto Mariani, Macedonio Fernández, Santiago Dabove etc.).

Durante esta mesma etapa, segundo Graciela Montaldo, o "ruralismo" intenta na Argentina

> *fijar una mitología bélica cuyo escenario son los campos argentinos. Los mitos culturales que se inauguran en ese momento están teñidos del tópico de la "edad de oro", siguiendo una premisa difusa aunque*

verosímil: si el presente promete ser brillante, el pasado también lo será.*

No Uruguai, apenas alguns acreditam nos benefícios da paz alcançada depois de 1904 e na extensão da justiça social para a campanha (Zavala Muniz, Adolfo Montiel Ballesteros, Yamandú Rodríguez). Outros, como Morosoli, desconfiam.

Como tantos escritores de sua geração, Morosoli escreveu a maior parte de suas ficções para que circulassem primeiramente na imprensa e só depois através desses livros que hoje são guardados como tesouros e que, na época do lançamento, poucos compravam. Acolheram seus contos e artigos as concorridas páginas do *Mundo Uruguayo*, do Suplemento Multicolor do diário portenho *Crítica*, do semanário montevideano *Marcha* e do caderno dominical do diário *El Día*, da mesma cidade, no qual colaborou assiduamente. O fato de que escrevesse para meios massivos – isso sem contar os jornais editados em sua cidade natal – demonstra uma vontade de "fazer literatura" para um público amplo, a ser nutrido com um alimento estético e, de forma complementar, com subsídios para uma identidade nacional ameaçada. Ao mesmo tempo, atribuindo-se o papel de "revelador" de criaturas

---

* MONTALDO, Graciela. *De pronto, el campo. Literatura argentina y tradición rural.* Rosario: Beatriz Viterbo Ed., 1993. p.23-4.

às quais outorga voz e pensamento, Morosoli se inscreve, talvez involuntariamente, nos modelos típicos do intelectual latino-americano desde o século XIX: o letrado que fala por quem ele não é e descobre a chave secreta de quem, paradoxalmente, ele nunca poderá ser. Nem mesmo nos jornais de grande tiragem.

Confiar no relato como um espaço privilegiado da memória foi o último recurso para armazenar uma cultura ferida de morte. Mas não foi o único de seus recursos. Expondo o "fato nu" e não sua expressa interpretação, Morosoli ultrapassa a barreira da conotação costumbrista. Silenciando o registro de sua própria voz, desenvolvendo a história desde o ponto de vista da personagem e sua aventura interior, em claro equilíbrio com os parâmetros da "realidade extraliterária", Morosoli consegue – já em *Hombres* – dessacralizar a equação de uma literatura *criolla*, que corria o severo risco de converter-se num simples simulacro dos ritos campeiros.

Coleção **L&PM** POCKET (lançamentos mais recentes)

616. **Tempo de delicadeza** – A. R. de Sant'Anna
617. **Tiros na noite 2: Medo de tiro** – Dashiell Hammett
618. **Snoopy em Assim é a vida, Charlie Brown! (3)** – Schulz
619. **1954 – Um tiro no coração** – Hélio Silva
620. **Sobre a inspiração poética (Íon)** e ... – Platão
621. **Garfield e seus amigos (8)** – Jim Davis
622. **Odisséia (3): Ítaca** – Homero
623. **A louca matança** – Chester Himes
624. **Factótum** – Charles Bukowski
625. **Guerra e Paz: volume 1** – Tolstói
626. **Guerra e Paz: volume 2** – Tolstói
627. **Guerra e Paz: volume 3** – Tolstói
628. **Guerra e Paz: volume 4** – Tolstói
629. (9).**Shakespeare** – Claude Mourthé
630. **Bem está o que bem acaba** – Shakespeare
631. **O contrato social** – Rousseau
632. **Geração Beat** – Jack Kerouac
633. **Snoopy: É Natal! (4)** – Charles Schulz
634. (8).**Testemunha da acusação** – Agatha Christie
635. **Um elefante no caos** – Millôr Fernandes
636. **Guia de leitura (100 autores que você precisa ler)** – Organização de Léa Masina
637. **Pistoleiros também mandam flores** – David Coimbra
638. **O prazer das palavras – vol. 1** – Cláudio Moreno
639. **O prazer das palavras – vol. 2** – Cláudio Moreno
640. **Novíssimo testamento: com Deus e o diabo, a dupla da criação** – Iotti
641. **Literatura Brasileira: modos de usar** – Luís Augusto Fischer
642. **Dicionário de Porto-Alegrês** – Luís A. Fischer
643. **Clô Dias & Noites** – Sérgio Jockymann
644. **Memorial de Isla Negra** – Pablo Neruda
645. **Um homem extraordinário e outras histórias** – Tchékhov
646. **Ana sem terra** – Alcy Cheuiche
647. **Adultérios** – Woody Allen
648. **Para sempre ou nunca mais** – R. Chandler
649. **Nosso homem em Havana** – Graham Greene
650. **Dicionário Caldas Aulete de Bolso**
651. **Snoopy: Posso fazer uma pergunta, professora? (5)** – Charles Schulz
652. (10).**Luís XVI** – Bernard Vincent
653. **O mercador de Veneza** – Shakespeare
654. **Cancioneiro** – Fernando Pessoa
655. **Non-Stop** – Martha Medeiros
656. **Carpinteiros, levantem bem alto a cumeeira & Seymour, uma apresentação** – J.D.Salinger
657. **Ensaios céticos** – Bertrand Russell
658. **O melhor de Hagar 5** – Dik Browne
659. **Primeiro amor** – Ivan Turguêniev
660. **A trégua** – Mario Benedetti
661. **Um parque de diversões da cabeça** – Lawrence Ferlinghetti
662. **Aprendendo a viver** – Sêneca
663. **Garfield, um gato em apuros (9)** – Jim Davis
664. **Dilbert (1)** – Scott Adams
665. **Dicionário de dificuldades** – Domingos Paschoal Cegalla
666. **A imaginação** – Jean-Paul Sartre
667. **O ladrão e os cães** – Naguib Mahfuz
668. **Gramática do português contemporâneo** – Celso Cunha
669. **A volta do parafuso** seguido de **Daisy Miller** – Henry James
670. **Notas do subsolo** – Dostoiévski
671. **Abobrinhas da Brasilônia** – Glauco
672. **Geraldão (3)** – Glauco
673. **Piadas para sempre (3)** – Visconde da Casa Verde
674. **Duas viagens ao Brasil** – Hans Staden
675. **Bandeira de bolso** – Manuel Bandeira
676. **A arte da guerra** – Maquiavel
677. **Além do bem e do mal** – Nietzsche
678. **O coronel Chabert** seguido de **A mulher abandonada** – Balzac
679. **O sorriso de marfim** – Ross Macdonald
680. **100 receitas de pescados** – Sílvio Lancellotti
681. **O juiz e o seu carrasco** – Friedrich Dürrenmatt
682. **Noites brancas** – Dostoiévski
683. **Quadras ao gosto popular** – Fernando Pessoa
684. **Romanceiro da Inconfidência** – Cecília Meireles
685. **Kaos** – Millôr Fernandes
686. **A pele de onagro** – Balzac
687. **As ligações perigosas** – Choderlos de Laclos
688. **Dicionário de matemática** – Luiz Fernandes Cardoso
689. **Os Lusíadas** – Luís Vaz de Camões
690. (11).**Átila** – Éric Deschodt
691. **Um jeito tranquilo de matar** – Chester Himes
692. **A felicidade conjugal** seguido de **O diabo** – Tolstói
693. **Viagem de um naturalista ao redor do mundo** – vol. 1 – Charles Darwin
694. **Viagem de um naturalista ao redor do mundo** – vol. 2 – Charles Darwin
695. **Memórias da casa dos mortos** – Dostoiévski
696. **A Celestina** – Fernando de Rojas
697. **Snoopy (6)** – Charles Schulz
698. **Dez (quase) amores** – Claudia Tajes
699. **Poirot sempre espera** – Agatha Christie
700. **Cecília de bolso** – Cecília Meireles
701. **Apologia de Sócrates** precedido de **Êutifron** e seguido de **Críton** – Platão
702. **Wood & Stock** – Angeli
703. **Striptiras (3)** – Laerte
704. **Discurso sobre a origem e os fundamentos da desigualdade entre os homens** – Rousseau
705. **Os duelistas** – Joseph Conrad
706. **Dilbert (2)** – Scott Adams
707. **Viver e escrever (vol.1)** – Edla van Steen
708. **Viver e escrever (vol.2)** – Edla van Steen
709. **Viver e escrever (vol.3)** – Edla van Steen
710. **A teia da aranha** – Agatha Christie
711. **O banquete** – Platão
712. **Os belos e malditos** – F. Scott Fitzgerald
713. **Libelo contra a arte moderna** – Salvador Dalí
714. **Akropolis** – Valerio Massimo Manfredi
715. **Devoradores de mortos** – Michael Crichton
716. **Sob o sol da Toscana** – Frances Mayes
717. **Batom na cueca** – Nani
718. **Vida dura** – Claudia Tajes
719. **Carne trêmula** – Ruth Rendell

720. **Cris, a fera** – David Coimbra
721. **O anticristo** – Nietzsche
722. **Como um romance** – Daniel Pennac
723. **Emboscada no Forte Bragg** – Tom Wolfe
724. **Assédio sexual** – Michael Crichton
725. **O espírito do Zen** – Alan Watts
726. **Um bonde chamado desejo** – Tennessee Williams
727. **Como gostais** *seguido de* **Conto de inverno** – Shakespeare
728. **Tratado sobre a tolerância** – Voltaire
729. **Snoopy: Doces ou travessuras? (7)** – Charles Schulz
730. **Cardápios do Anonymus Gourmet** – J.A. Pinheiro Machado
731. **100 receitas com lata** – J.A. Pinheiro Machado
732. **Conhece o Mário?** vol.2 – Santiago
733. **Dilbert (3)** – Scott Adams
734. **História de um louco amor** *seguido de* **Passado amor** – Horacio Quiroga
735. (11).**Sexo: muito prazer** – Laura Meyer da Silva
736. (12).**Para entender o adolescente** – Dr. Ronald Pagnoncelli
737. (13).**Desembarcando a tristeza** – Dr. Fernando Lucchese
738. (11).**Poirot e o mistério da arca espanhola & outras histórias** – Agatha Christie
739. **A última legião** – Valerio Massimo Manfredi
740. **As virgens suicidas** – Jeffrey Eugenides
741. **Sol nascente** – Michael Crichton
742. **Duzentos ladrões** – Dalton Trevisan
743. **Os devaneios do caminhante solitário** – Rousseau
744. **Garfield, o rei da preguiça (10)** – Jim Davis
745. **Os magnatas** – Charles R. Morris
746. **Pulp** – Charles Bukowski
747. **Enquanto agonizo** – William Faulkner
748. **Aline: viciada em sexo (3)** – Adão Iturrusgarai
749. **A dama do cachorrinho** – Anton Tchékhov
750. **Tito Andrônico** – Shakespeare
751. **Antologia poética** – Anna Akhmátova
752. **O melhor de Hagar 6** – Dik e Chris Browne
753. (12).**Michelangelo** – Nadine Sautel
754. **Dilbert (4)** – Scott Adams
755. **O jardim das cerejeiras** *seguido de* **Tio Vânia** – Tchékhov
756. **Geração Beat** – Claudio Willer
757. **Santos Dumont** – Alcy Cheuiche
758. **Budismo** – Claude B. Levenson
759. **Cleópatra** – Christian-Georges Schwentzel
760. **Revolução Francesa** – Frédéric Bluche, Stéphane Rials e Jean Tulard
761. **A crise de 1929** – Bernard Gazier
762. **Sigmund Freud** – Edson Sousa e Paulo Endo
763. **Império Romano** – Patrick Le Roux
764. **Cruzadas** – Cécile Morrisson
765. **O mistério do Trem Azul** – Agatha Christie
766. **Os escrúpulos de Maigret** – Simenon
767. **Maigret se diverte** – Simenon
768. **Senso comum** – Thomas Paine
769. **O parque dos dinossauros** – Michael Crichton
770. **Trilogia da paixão** – Goethe
771. **A simples arte de matar (vol.1)** – R. Chandler
772. **A simples arte de matar (vol.2)** – R. Chandler
773. **Snoopy: No mundo da lua! (8)** – Charles Schulz
774. **Os Quatro Grandes** – Agatha Christie
775. **Um brinde de cianureto** – Agatha Christie
776. **Súplicas atendidas** – Truman Capote
777. **Ainda restam aveleiras** – Simenon
778. **Maigret e o ladrão preguiçoso** – Simenon
779. **A viúva imortal** – Millôr Fernandes
780. **Cabala** – Roland Goetschel
781. **Capitalismo** – Claude Jessua
782. **Mitologia grega** – Pierre Grimal
783. **Economia: 100 palavras-chave** – Jean-Paul Betbèze
784. **Marxismo** – Henri Lefebvre
785. **Punição para a inocência** – Agatha Christie
786. **A extravagância do morto** – Agatha Christie
787. (13).**Cézanne** – Bernard Fauconnier
788. **A identidade Bourne** – Robert Ludlum
789. **Da tranquilidade da alma** – Sêneca
790. **Um artista da fome** *seguido de* **Na colônia penal e outras histórias** – Kafka
791. **Histórias de fantasmas** – Charles Dickens
792. **A louca de Maigret** – Simenon
793. **O amigo de infância de Maigret** – Simenon
794. **O revólver de Maigret** – Simenon
795. **A fuga do sr. Monde** – Simenon
796. **O Uraguai** – Basílio da Gama
797. **A mão misteriosa** – Agatha Christie
798. **Testemunha ocular do crime** – Agatha Christie
799. **Crepúsculo dos ídolos** – Friedrich Nietzsche
800. **Maigret e o negociante de vinhos** – Simenon
801. **Maigret e o mendigo** – Simenon
802. **O grande golpe** – Dashiell Hammett
803. **Humor barra pesada** – Nani
804. **Vinho** – Jean-François Gautier
805. **Egito Antigo** – Sophie Desplancques
806. (14).**Baudelaire** – Jean-Baptiste Baronian
807. **Caminho da sabedoria, caminho da paz** – Dalai Lama e Felizitas von Schönborn
808. **Senhor e servo e outras histórias** – Tolstói
809. **Os cadernos de Malte Laurids Brigge** – Rilke
810. **Dilbert (5)** – Scott Adams
811. **Big Sur** – Jack Kerouac
812. **Seguindo a correnteza** – Agatha Christie
813. **O álibi** – Sandra Brown
814. **Montanha-russa** – Martha Medeiros
815. **Coisas da vida** – Martha Medeiros
816. **A cantada infalível** *seguido de* **A mulher do centroavante** – David Coimbra
817. **Maigret e os crimes do cais** – Simenon
818. **Sinal vermelho** – Simenon
819. **Snoopy: Pausa para a soneca (9)** – Charles Schulz
820. **De pernas pro ar** – Eduardo Galeano
821. **Tragédias gregas** – Pascal Thiercy
822. **Existencialismo** – Jacques Colette
823. **Nietzsche** – Jean Granier
824. **Amar ou depender?** – Walter Riso
825. **Darmapada: A doutrina budista em versos**
826. **J'Accuse...! – a verdade em marcha** – Zola
827. **Os crimes ABC** – Agatha Christie
828. **Um gato entre os pombos** – Agatha Christie
829. **Maigret e o sumiço do sr. Charles** – Simenon
830. **Maigret e a morte do jogador** – Simenon
831. **Dicionário de teatro** – Luiz Paulo Vasconcellos
832. **Cartas extraviadas** – Martha Medeiros
833. **A longa viagem de prazer** – J. J. Morosoli
834. **Receitas fáceis** – J. A. Pinheiro Machado
835. **Mais fatos e mitos** – Dr. Fernando Lucchese
836. **Boa viagem!** – Dr. Fernando Lucchese

ENCYCLOPAEDIA é a nova série da Coleção L&PM Pocket, que traz livros de referência com conteúdo acessível, útil e na medida certa. São temas universais, escritos por especialistas de forma compreensível e descomplicada.

PRIMEIROS LANÇAMENTOS: **A crise de 1929**, Bernard Gazier – **Budismo**, Claude B. Levenson – **Cleópatra**, Christian-Georges Schwentzel – **Cruzadas**, Cécile Morrisson – **Geração Beat**, Claudio Willer – **Império Romano**, Patrick Le Roux – **Revolução Francesa**, Frédéric Bluche, Stéphane Rials e Jean Tulard – **Santos Dumont**, Alcy Cheuiche – **Sigmund Freud**, Edson Sousa e Paulo Endo – **Economia: 100 palavras-chave**, Jean-Paul Betbèze – **Acupuntura**, Madeleine Fiévet-Izard, Madeleine J. Guillaume e Jean-Claude de Tymowski – **Alexandre, o grande**, Pierre Briant – **Cabala**, Roland Goetschel – **Capitalismo**, Claude Jessua – **Egito Antigo**, Sophie Desplancques – **Escrita chinesa**, Viviane Alleton – **Existencialismo**, Jacques Colette – **Guerra Civil Americana**, Farid Ameur – **História de Paris**, Yvan Combeau – **Impressionistas**, Dominique Lobstein – **Islã**, Paul Balta – **Jesus**, Charles Perrot – **Marxismo**, Henri Lefebvre – **Mitologia grega**, Pierre Grimal – **Nietzsche**, Jean Granier – **Tragédias gregas**, Pascal Thiercy – **Vinho**, Jean-François Gautier

L&PM POCKET **ENCYCLOPAEDIA**
Conhecimento na medida certa

IMPRESSÃO:

GRÁFICA EDITORA Pallotti
IMAGEM DE QUALIDADE

Santa Maria - RS - Fone/Fax: (55) 3220.4500
www.pallotti.com.br